Max Jacob
Saint Matorel

MAX JACOB

SAINT MATOREL

ROMAN

Mit vier Radierungen von
Pablo Picasso

Aus dem Französischen übersetzt
und mit einem Nachwort versehen von
Una Pfau

Osburg Verlag

Max Jacob: Saint Matorel
erschien zuerst 1911 in der Galerie Kahnweiler, Paris,
dann 1936 zusammen mit den »Oeuvres burlesques
et mystiques de Frère Matorel mort au couvent«
und »Le Siège de Jérusalem, drame céleste«
bei Gallimard, Paris.

Die Arbeit der Übersetzerin am vorliegenden Buch
wurde vom Deutschen Literaturfonds e. V. gefördert.

Erste Auflage 2020

www.osburgverlag.de

Lektorat: Bernd Henninger, Heidelberg
Umschlaggestaltung: Judith Hilgenstöhler, Hamburg
Satz: Hans-Jürgen Paasch, Oeste
Druck und Bindung: CPI books GmbH, Leck
Printed in Germany
ISBN 978-3-95510-214-2

À PICASSO

Für das, was ich weiß, was er weiß
Für das, was er weiß, was ich weiß

Max Jacob

PROLOG

Die Suche nach der Wahrheit.
MALEBRANCHE

»Satan ist nicht größer als eine Marionette; wir kennen ihre Fäden, lieber alter Freund! Zuerst sei angemerkt, dass du, wenn du Hörner hast, das die gleichen sind wie bei Moses! Anschließend sei vermerkt, dass, wenn du Fledermausflügel hast, die Eule der Vogel der Minerva, Pallas-Athene ist! Das nur unter uns wegen dem, was du weißt und dem, was ich weiß! Anschließend sei vermerkt! … Oh! Du findest jemanden, mit dem du sprechen kannst, na also! Ich habe im Kloster von Barcelona studiert! Weiterhin sei vermerkt, sage ich, dass du nicht den berühmten Pferdehuf hast, denselben, aus dem man die schwarzen Wasser des Styx von Arkadien trank. Der bekannte Pferdehuf könnte vielleicht dem Zustand meiner Seele Angst einjagen, aber wie auch bemerkt sei, bemerkt sei, sage ich, sind deine Marionettenschuhe am Ende deiner Fäden die exquisitesten Schuhbänder, die jemals die Beschuher der Schuhbundhosen beschuht haben, es sind Filzschuhe, keineswegs Schuhe, Filzschuhe aus schwarzem Samt mit roten Fäden. Also, Satan, wir werden keine Angst mehr davor haben, selbst hier an diesem Ort des Todes, keine Angst mehr, sage ich, außer vor dem Octogon! Hem! Dem Achteckigen, was heißen soll, dass das Unregelmäßige oder das Regelmäßige, ich weiß nicht … Sie sind an der Reihe, meine Herren Kabbalisten, wenn es denn im Hades welche gibt …! Dennoch verleitet mich der halbmondförmige Jesuitenhut des Barbierbeckens zum Irrtum. Verleugnet nur, verleugnet nur, es bleibt immer etwas davon daran hängen! Und es ist der Hut, der die Fäden zusammenhält … Ich sage nicht, zum Teufel noch mal! Aber der Hut ist kein Huf! Nun, ich sehe nicht die geringste Spur eines Pferdehufs, aus der man die Wasser des Styx trank, wenn meine Erinnerungen mich nicht sehr täuschen. Ich schloss also daraus, dass meine Seele gerettet ist, und das ist alles, was ich wissen wollte.«

So sprach Victor Matorel, als Mönch Bruder Manassé, als die Glocken seinen Tod verkündeten. Glocken läutet nur! Läutet nur, Glocken! Schatten und Dunkelheit der Schatten, öffnet euch! Bruder Manassé ist vor Hunger gestorben, aus Enthaltsamkeit, und Victor Matorel ist tot … Wer hätte ihm zu Lebzeiten gesagt, dass er eines Tages tot sein würde? …

Vielleicht hätte ich diesen Prolog für den Epilog aufsparen sollen … Victor Matorel, als Mönch Bruder Manassé, ist tot … Aber die Formen am Himmel sind auf ewig unbeweglich und beweglich zugleich, und es gibt keine chronologische Ordnung für Gott. Nun, wir leben in unseren Werken fort wie Jehova in den Seinen. Es gibt keine chronologische Ordnung für uns … Also Prolog.

Zuerst schwenkte ein Jesuit mit grünem Antlitz einen kleinen Teufel. Victor Matorel richtete an ihn die Rede, die wir soeben gelesen haben. Anschließend waren da Zahlen! Aus den Zahlen ging hervor, dass Victor Matorel vor und nach der Bekehrung ein phlegmatisches Geschöpf war, eher gesinnt, zu empfangen, als zu geben, rachsüchtig, oft berauscht, unempfindlicher als ein Schwein und unbesonnener als ein Sperling. Dennoch bemerkte Victor Matorel, dass er einen Heiligenschein trug, dass er zu Pferd gen Himmel aufstieg und dass ein Schwan über seinem Kopf dahinflog. Anschließend bemerkte Victor Matorel, dass sein Doppelgänger auf dem Hinterteil des Pferdes hockte, auf dem er emporstieg. Er erkannte in dem Doppelgänger seinen Freund Cordier. Das Pferd folgte der Bahn der Tierkreise; das Pferd empfahl ihnen Stillschweigen und Feierlichkeit, da sie ja tot waren, und Victor Matorel erinnerte sich daran, dass er neunzehn Monate lang Bruder Manassé im Kloster der Heiligen Theresa in Barcelona gewesen war, bei den Lazaristen. Er schwieg und beobachtete.

ERSTER TEIL

DIE ERDE

KAPITEL I

EIN ANGESTELLTER AN DER METRO

Habe ich das Recht, nur Gott bekannte Geheimnisse zu enthüllen, da Matorel, nachdem er Lazaristenmönch geworden war, nur noch Gott gebeichtet hat? Wahrlich ein erstaunlicher Junge, dieser Victor Matorel, der künftige Bruder Manassé! Ein ganz erstaunlicher Junge, den ich kennenlernte, als ich selbst in der Firma Cheiret und Cie., Faubourg Saint-Antoine, die Lagerräume fegte! O Manen des schüchternen Matorel! Ich werde keineswegs Ihre endgültige, himmlische Ruhe stören, damit Sie mich ermächtigen, die traurigen Schönheiten Ihrer Seele zu enthüllen. Ebenso weiß ich wohl, kleiner Vorstadtpariser, dass Ihnen die Literatur keineswegs missfällt, und dass Sie oben vom Himmel herablächeln, wenn Sie über meine Schulter hinweg Ihre irdischen und himmlischen Abenteuer lesen. Gott möge uns beiden solche Eitelkeiten verzeihen! Möge mir Gott selbst tausend Taktlosigkeiten verzeihen, die unser aller Religionen berühren. Peccatoribus misericordia. Ave.

»Wenn man zum Unglück ein bettelnder Narr geworden ist«, sprach Victor Matorel, den ich als die Passagiere der ersten Klasse mit Liebenswürdigkeiten überhäufenden Angestellten der Metro traf, »darf man nicht als narrhaft erscheinen oder man würde den Eigentümer dieses keuschen Halses, dieses Fistelhalses zum Heiligen Moritz schicken, damit er sich einen weißen Anzug machen lässt! Wissen Sie, warum die Chinesen … Barbès-Rochechouart! République, Bastille, Italie umsteigen! Wissen Sie, warum die Chinesen? …«

Mein kleiner Freund Victor war verrückt geworden; er hat mich, scheint's, dennoch ausreichend interessiert, da ich, der doch eigentlich in Villiers hätte aussteigen müssen, noch in Porte Dauphine das Gefasel des unglücklichen Matorel anhörte.

»Es gibt auch im Absoluten Spinnweb!«, sagte er.

Er sprach mit mir über die Bedeutung der Liebe auf Erden, des Kubus und des Kreises, der rüttelnden und schüttelnden Armeen, die der Dämonen und der Engel, von der Notwendigkeit, aufgrund der Öffnungen der Wirbelsäule den Menschen die Haut vom Rücken zu ziehen, um sie empfindsam zu machen.

»Der Mund, die Ohren, die Augen sind die mageren Stellen, ebenso die Füße und die Hände! Statt sich über die Bäuche zu amüsieren, müsste man eher über die fetten Rücken lachen!«

Er versetzte mich so sehr in Erstaunen, dass ich nicht überrascht war, als ich seine schrecklichen, ihn außerhalb der Stunden des Metrodienstes heimsuchenden Halluzinationen kennenlernte.

»Gestern Abend, mein Teurer«, sagte er zu mir, »steckte ein Maulheld in meinem Zimmer seinen Cyranozinken in meinen weißen Kragen! Er wollte einen Zwerg packen, aber dieser Zwerg war nur ein riesengroßes Paket Tabak! Es biss mich in die Finger, wobei es lachte, mein Teurer!«

Armer Junge! Er war doch vor drei Jahren bei guter Gesundheit: ein kleiner Mann mit schlechtem Schuhwerk! Die Passanten auf den Straßen machten sich über ihn lustig; der Chef einer Abteilung im Warenhaus bezeichnete ihn eines Tages als grotesk. In der Uniform wirkte er weniger lächerlich.

Ich fragte ihn nach Neuigkeiten über Léonie, seine Geliebte, über Mademoiselle Berthe, die Telefonistin, und den schönen Cordier: Émile Cordier, den Kassenführer bei den Unterhosen aus rosafarbener Seide!

»Mademoiselle Berthe ist verheiratet! Émile Cordier hat die Tochter eines Firmenchefs aus dem Vorort geehelicht; seine Schwägerin ist in ihn verliebt; er betrügt sie beide mit dem Dienstmädchen.«

»Und Ihr Magenweh, Matorel?«

»Sie wollen sagen, dieser Riesenkürbis! Ah! Das Goldgebirge! Es hat ein obelisken-förmiges Horn! Dort macht sich die samtene Prozession auf den Weg! Oder eher eine Bretterwand! Ah! Weh, welch Weh … Walhalla … welch Weh … welch Weh … Magenweh … Thomas! Wenn man genauer hinsähe, würde man in diesem Pilgerzug Gesichter von alten Damen erkennen! … Hat man jemals von einer Koffergeschichte mit Ihnen gesprochen? Ich, ein Dieb? Also, was soll das! … Zuerst hat man niemals davon gewusst, und dann bin ich im Grund gar nicht entlassen worden! Eines Tages, als die Markise des Einzelhandelhauses herabgelassen war, sagte der Chef zu mir: ›Sie haben die Markise herabgelassen, Matorel.‹ – ›Das geschieht, um Sie jemanden besser sehen zu lassen!‹ – In der Tat tauchten zwischen Tresen und Spiegel zwei teure abwesende Schatten auf, zwei Wirklichkeiten, die die Accessoires eines Unterrocks hielten!«

Accessoires eines Unterrocks! Oh! Matorel! Matorel! Der Unglückliche! Ich kann nicht umhin, ihn zu lieben und ihn zu beklagen! Nach der Bekehrung wurde er mystisch. Er schrieb Briefe an Gott, an Jesus, an die Heiligen, an die Mächte der Luft …

DER ACHTE HIMMEL

Eine silberne Aurora lächelte in einer unendlichen Kurve, als das Pferd, das die beiden Toten trug, anhielt. Es ist der Himmel des freundlichen und anmutigen Merkur. Die Jungfrau Maria unterhält sich mit Horus und dem Gott Thot; Christus, Symbol des reinen Menschen, amüsiert sich in der Nähe der griechischen Philosophen mit Fragen der Geometrie, Ordnung und Schönheit! Es sieht so aus, als ob man nur wissen, verstehen und schweigen kann! Die Alleen der Gärten sind regelmäßig und dicht mit Sand bestreut; die Engel haben Frauengesichter und grüßen sich anmutig, wenn sie sich begegnen.

Die Tiere der Erde lauschen den Doktoren, die in farbige Gewänder gehüllt sind. Die beiden Toten sahen Ceres, die mehrere Brüste hat, den Propheten Micha, der ein Buch trägt, und den Heiligen Andreas, der ein Distelblumenblatt hält, Merkur bot ihnen an, sie durch die neun Himmel zu führen. Jeder Himmel hat seine Kehrseite, die die Heimat der Materie ist, dort, wo man brennt, bis man rein ist. Das Silber ward zu Orange, das Orange ward zu Gelb, das Gelb ward zu Grün, das Grün ward Nacht. Dunkelgrüne Schweine verschlangen den Bauch der Geizhälse, der Scharlatane und der Fälscher, der Diebe und der Bestechlichen. Ein unerträglicher Gestank nach Fäulnis bewirkte, dass die Reisenden sich die Nase zuhielten. Die vergifteten Getränke der Verurteilten verpesteten die Luft.

Satan sprach. Wir wissen nicht, was er sagte, aber Victor Matorel, als Mönch Bruder Manassé, antwortete mit seiner Weiberstimme:

»Dieser Satan! Ah! Meine Kinder, welch ein Genie! Es ist erschreckend, ich hatte das niemals zuvor gesehen! Er legt auch Wert darauf, mich wissen zu lassen, dass er Willy, den gezuckerten Pernod, sowie die blaugeschlagenen Augen kennt. Stellen wir uns vor, dass Homer Rosenblätter frisst, das wäre etwa so, wie wenn Satan die zarten Kräuter der Vernunft abgrast. Und so ist es eben! Das Bündnis zwischen Gott und dem Dämon, das mir völlig entgeht! Es bleibt dennoch satanische Prahlerei. Satan ist stolz darauf, Moulin-Rouge zu kennen! Satan versetzt mich in Erstaunen! …

HIMMELSKARTE

Als das Grün zu einem Zartblau verblasst war, befand sich das Pferd der Toten auf dem Wall eines Schlosses, von dem aus man die Berge sah. Merkur, unsichtbar bis auf die Kugel, die vor den Reisenden einherrollte, erklärte wie ein Reiseführer:

»Der vierte und der sechste Himmel sind eines! Die Schlösser gehören Jupiter und allen Erscheinungsformen von Jupiter! Die kahlen Berge, die das Tal im Südwesten begrenzen, verbergen den Himmel der Erde. Die rosigen Bergspitzen, die unten an den Festungswällen aus einem schattenhaften Violett hervortreten, sind der Himmel von Venus, das Paradies der Moslems. Der in Flammen getauchte Himmel im Südosten ist der Aufenthaltsort von Mars. Neptun ist der einzige Gott, der überhaupt kein Schloss bewohnt. Seht in der Ferne seinen Fluss; er unterhält sich mit den großen Dichtern dieser Erde und den Theologen!«

Die Kugel von Merkur schwieg. Ein Festzug nahte: Jupiter in gelbem und blauem Gewand, mit gedankenvoller Stirn, majestätischem Antlitz, das gleichgültig und gütig war, sah liebevoll die Landschaft an. Seine Füße waren feurig. Über diesem Gebirge war die Luft spritzig und sanft zugleich, ein Geruch nach Weihrauch und Gewürznelke war zu spüren. Die Freudenschreie des Festzuges waren gedämpft wie das Stampfen einer frommen Menge. Dort befand sich Ormuzd, gefolgt von den Engeln des Lichts, Osiris und sein Sperberkopf, die sechs wohltätigen Mächte, die Amschaspands und die sechs übelwollenden Mächte, denn die übelwollenden Mächte, gereinigt durch das Denken der Menschen, erscheinen in den Himmeln, Victor Matorel, als Mönch Bruder Manassé ist tot! Victor Matorel ist tot und begraben!

KAPITEL II

MADEMOISELLE LÉONIE

»Vorwärts, halten Sie sich rechts!«, rief mir Matorel zu, während ich an der Station Dauphine die Treppe der Metro hinaufstieg.

»Sieh da! Mademoiselle Léonie! Sie hier am Eingang zum Bois!«

»Sagen Sie nur, Monsieur! Oh! Ich freue mich, Sie zu sehen! Ich erwarte Matorel zum Mittagessen ... Wenn Sie wüssten, wenn Sie wüssten ... Ah! Es ist allerlei passiert, seitdem Sie Ihre Stellung gekündigt haben! In meinem Leben ist Monsieur Jules aufgetaucht! Und dann werde ich einen Angestellten vom städtischen Steueramt heiraten ... das heißt, eigentlich nicht ... Meine Schwester ist krank, sie hat ein Hüftleiden. Sie wird morgen im Krankenhaus Lariboisière operiert. Papa zum Krankenhaus überreden, das war ein Affentheater! Ja doch, nun wo er Bürovorsteher bei Sellier ist! Aber sie konnte nicht zu Hause operiert werden, das wäre zu teuer gewesen! Unser ganzes Geld wäre draufgegangen! Mama ist nicht mehr Wäscherin!«

»Arme Frau! … Na gut! Und Sie? Stehen Sie immer noch auf gutem Fuß mit Matorel?«

»Ich kann mich über Victor nicht beklagen. Er ist arbeitsam und in jeder Hinsicht anständig. Ich habe Victor sehr gern gehabt, müssen Sie wissen! Aber … ich liebe ihn nicht mehr! Oh! Niemand achtet ihn mehr als ich. Ja, doch! Er ist so gebildet! Seitdem war ich mit einem Anwalt befreundet: Monsieur Jules! Nun ja! Monsieur hatte nicht die Hälfte der Bücher gelesen, die Victor Matorel gelesen hat.

»Ah! Ja! Der Anwalt! Ein großer Blonder, der immer betrunken ist und als geistreich gilt! Ganz und gar ein Herr aus der feinen Gesellschaft! Sehr reserviert! Sehr reserviert!«

»Die Herren aus der feinen Gesellschaft sind wie die anderen: kleine Wüstlinge! Kleine Wüstlinge! Wie meine Freundin aus der Rue Bochart-de-Saron sagt: sie leben nur für ihre Schweinereien! Denken Sie, dass ich mich wegen dieses kleinen Wüstlings beinahe mit meiner Mutter verkracht hätte? Victor war zwar zartfühlender, aber Victor ist verrückt. In der ersten Nacht hat er das Fenster geöffnet und hat angefangen zu singen, weil er glücklich war. Dann hat er gesagt, dass ich Susanna gliche und er den Greisen. Danach hat er ein Pfund Trauben verschlungen, die ich mitgebracht hatte … Muskatellertrauben.«

»Kurzum! Sie leben nicht mehr mit Matorel.«

»Ich habe jemanden! … und dann … ich werde heiraten.«

»Bei den Tugenden, die man von einer verheirateten Frau verlangt, ist es gut möglich, dass Ihr Ehemann Sie nicht vor der Hochzeit will oder auch danach nicht mehr!«

»Ich werde alles in Ordnung bringen! Aber Sie lassen mich nicht ausreden! Warum haben Sie mich unterbrochen? Ich wollte mit Ihnen über Jules sprechen, anschließend will ich über meine Heirat sprechen. Eines Morgens war Jules bei mir, als an die Türe geklopft wurde. Wir versteckten uns unter der Bettdecke.«

»Ich wette, dass das Ihre Frau Mutter war!«

»Richtig! Sie kam eine Stunde später wieder: ›Sieh da, du bist noch im Bett, Léonie, du hast mich nicht gehört, als ich geklopft habe.‹ – ›Ich dachte, das sei ein Hammer vom Schreiner, der in meinem Traum klopfte!‹ – ›Willst du mir sagen, warum an der Ecke des Spiegelschranks ein Stock steht?‹ – ›Das ist der Stock des Vertreters für die amerikanische Wäschestärke.‹ – ›Verzeih mir, mein Kind! Ich habe mir was Schlechtes gedacht!‹ – Sie können mir glauben, wenn Sie wollen, Monsieur Max, ich hätte beinahe geweint. Und Jules erwartete mich unten zum Frühstück! Oh! Wie ich mich schämte! Schämte! Schämte!«

»Und dann, Léonie?«

»Dann! Ich habe mit Jules gebrochen.«

»Sieh da!«

»Oh! Ja! Das geht nicht! Jules lacht, wenn ich mit ihm über meine Mutter rede. Victor weint, wenn er an meine Familie denkt. Ab und zu sehe ich Jules wieder. Das ist egal, ich habe ihn am Abend im Ambigu warten lassen. Stellen Sie sich vor, dass er sich mit mir vor dem Ambigu verabredet hatte, und ich war mit meiner Freundin aus der Rue Bochart-de-Saron und mit Victor im Ba-Ta-Clan. Ich werde heiraten. Oh! Ich werde heiraten!«

»Das Herz ist nicht immer glücklich in der Ehe, aber die Vernunft findet ihre Sicherheit in ihr.«

»Sicherlich. Ich werde mich mit einem Freund von Victor, einem Angestellten an der Metro, verheiraten oder eher mit einem Steuerbeamten: Ich werde Victor wiedersehen … oder Jules. Victor war so zartfühlend.«

»Sie haben Skrupel bei dem Gedanken, den zu betrügen, wenn auch nur im Geist, dem Sie die Treue versprechen!«

»Ich bin hin- und hergerissen zwischen zwei Liebhabern: der eine ist Steuerbeamter, d. h. Angestellter am städtischen Steueramt von Levallois-Perret, Monsieur Roger, er ist ein Freund von Victor; der andere, Monsieur Michel, Kollege von Victor an der Metro. Ich war noch Lehrling an der Wäscherei, als ich Monsieur Roger kennenlernte! Er war damals an der École Boule; ich traf ihn am Ausgang der Wäscherei: er brachte mir Chansons, und wir lernten zusammen die Melodie. Manchmal kam er auch zur Mittagessenszeit und brachte mir Veilchen oder Bonbons; man nannte ihn ›den Verehrer von Léonie‹, und drei Jahre lang habe ich gedacht, dass er mein Ehemann sein würde; selbst zu der Zeit, als ich mit Victor lebte, glaubte ich nicht, dass ich ihn womöglich nicht heiraten würde. Nach und nach hatte er die Gewohnheit angenommen, zu uns zu kommen, und meine Schwester und meine Mutter sagten: ›Léonie, da ist dein Verehrer!‹ Aber eines Tages, als er sich mit mir um sieben Uhr in der Rue Réaumur an der Ecke Rue Montmartre verabredet hatte, wartete ich mehr als eine Dreiviertelstunde auf ihn, ohne ihn zu sehen. Stattdessen tauchte Monsieur Michel auf. Ebenso vulgär wie Roger war, ebenso sehr scheint mir Monsieur Michel comme il faut zu sein. Roger hat einen wulstigen Mund ohne Schnurrbart, kleine Augen, breite Schultern; Michel hat lockiges Haar, einen Bart und wirkt geistreich. Monsieur Michel begleitete mich bis an die Tür: er hatte es übernommen, Roger zu entschuldigen, dessen Mutter krank war. Unterwegs fragte er mich, ob ich großen Wert darauf lege, Roger zu heiraten: ich antwortete ihm, nein. Da sagte er, dass er zur Verfügung stünde, dass er mich gerne heiraten würde, wenn ich wollte. So stehen die Dinge, Monsieur Max. Roger und Michel haben sich verzankt. Meine Mutter hat mich vor die Türe setzen wollen, als ob ich der Grund für ihre Geschichten wäre. Victor war so zartfühlend! Als er nach der Koffergeschichte entlassen wurde, nahm er das Geld von seinem Monatsgehalt, er sagte zu mir: ›Geh fort, da du mich betrügst, und nimm das!‹«

»Ich glaubte, dass er entlassen worden war, weil er verrückt wurde.«

»Nein! Man hat vom Chef des Hotels Piemont erfahren, dass er den Koffer des schönen Cordier gestohlen hatte, um sich Kleidung zu kaufen und seinen Kittel loszuwerden. Er hat nicht mehr gewagt, in dem Geschäft aufzutauchen.«

»Ich kenne die Koffergeschichte. Er träumte von einem vornehmen Leben! Er verbrachte, jedes Mal, wenn er den Beruf wechselte, die Abende in den Bibliotheken. Als Handschuhmacher hat er die Geschichte des Handschuhs studiert; als Spiegelhersteller, die Geschichte der Spiegelfabrikation usf. … Der Unglückselige war aber weder imstande zu lernen, noch etwas zu behalten. Er hat Geschmack und Phantasie, aber er ist ein Schwachkopf.

Das, was er gelernt hat, dient ihm dazu, seine Kameraden zu verblüffen, und seine Kameraden rächen sich dafür, dass sie verblüfft worden sind.«

Wir sprachen im Regen. Victor kam aus der Metro, um mit seiner Freundin zu Mittag zu essen: er schien in tiefe Meditationen versunken, die ihn nicht daran hinderten, zu lächeln.

Seit diesem Morgen ist beider Leben verändert. Victor ist Mönch geworden, dann ist er gestorben. Léonie hat geheiratet; sie hat sich scheiden lassen; sie hat wieder geheiratet; zurzeit tanzt sie im Eldorado unter dem Namen Chévé, einer griechischen Sängerin.

KAPITEL III

DIE BEICHTE VON VICTOR MATOREL

In den nachgelassenen Schriften von Bruder Manassé im Lazaristenkloster in Barcelona ist folgende Beichte gefunden worden, die er vor seinem Eintritt in den Orden niedergeschrieben hat:

DAS IST MEINE BEICHTE

Ich bete zu Gott, dass er das Wasser, das ich im Geist habe, fortnehme, denn das Wasser verleiht dem kraftvollen und einfachen Geist brutale Verhaltensweisen, unüberlegte Worte, den Verlust unserer Kräfte, unserer Siege und unserer Zeit, und das Wasser macht einen unstet und misstrauisch. Ich bitte Gott darum, dass er mich vorsichtig und wahrheitsliebend mache, denn ich bin unvorsichtig und lügnerisch in Worten, wenn auch ohne Absicht. Ich bitte Gott darum, dass er mich schütze gegen das glühende Feuer, das in mir ist und das die, die ich liebe und die er liebt, hat leiden lassen. Ich bitte Gott darum, dass er mich weniger dumm mache, denn ich bin es. Es ist nötig, dass ich alles durch Jagd, Gewalt und Piraterie erobere. Ich bitte Gott darum, dass er mich weniger schüchtern und großherziger mache, denn ich bin kleinherzig und schüchtern, und auch weniger geschwätzig, weniger hochmütig, weniger rechthaberisch, weniger verleumderisch, weniger unwissend, weniger verachtungsvoll. Oh, mein Gott, schützt mich vor den Dämonen, die die Verbrechen rächen, denn ich habe mich gerächt, ich habe auf Rache gesonnen und man hat sich an mir gerächt. Adonai Sabaoth, im Namen deines Sohnes, den ich kenne, wie ich deinen Namen kenne und wie ich mich selbst kenne, ersetze in mir die Materie durch den Geist. Möge meine Redegewandtheit dem Guten dienen! Mögen meine Geselligkeit, meine Schmeicheleien und meine verlogene Höflichkeit wenigstens dazu dienen, dich bekannt zu machen! Und meine Laster! Ah, alle meine Laster! Oh, Sohn Gottes, verscheuche sie für die reine Liebe. Oh, mein Gott! Verscheuche sie mit dem Licht und der Wahrheit! So bin ich also! So ist das, was in mir ist, nicht du, aber was allein die Geister deiner Diener und die Dämonen der Materie sind. So bin ich und meine Tränen, die du siehst, sind ein Beweis für meine Aufrichtigkeit, die leider vielleicht nur Augenblicke dauert. Ich bin so schwach.

DER ENGEL

Gott ist in dir. Das Böse ist verschwunden; die Intelligenz ist ein und alles. Entferne das Wasser, das du im Geist hast.

ICH, MATOREL

Adonai, im Namen deines Sohnes! Gib mir die Macht, zu denen zu sprechen, die sich mir nähern, denn ich habe mehrere Wahrheiten und du hast mich seit meiner Kindheit geleitet. Du hast mich in einer Familie geboren werden lassen, die spöttisch und vorsichtig ist. Meine Eltern haben mich Ehrenhaftigkeit, Würde, Lächeln gelehrt. Sie hatten weder das Wissen, noch den Glauben, aber sie hatten die Güte, den Familiensinn, den Sinn für Heiterkeit und Höflichkeit. Du hast mir Brüder und Schwestern gegeben, damit sie durch mein Beispiel bekehrt würden. Du hast mich in die Provinz und die Welt von Paris geführt, damit ich lerne, die Angestellten und die Finanzwelt zu verachten. Du hast mich in das Haus des Professors S. L... geführt, damit ich lerne, dass die Wahrheit jenseits der Religionen liegt, das heißt, dass die Religion nur eine ist; und du hast mich dieses Haus zu verlassen gelehrt, damit ich erkenne, dass meine Mission darin besteht, das Volk der Vorstädte zum Evangelium zu bringen. Ich habe die Gelehrten in ihrer wundervollen Zurückgezogenheit gesehen; ich habe die Reichen in ihrer Langeweile, ihren Zerstreuungen und ihrer mehr oder weniger wohlwollenden Gleichgültigkeit gesehen. Ich habe die Armen in ihrer Bitterkeit, ihren unwissenden Freuden, ihrer brutalen Traurigkeit gesehen. Ich habe die Arbeiter gesehen und die Bauern, gebeugt wie Tiere, und die schlechten Pastoren, gebeugt über die menschlichen Tiere, um ihnen das Blut nach dem Naturgesetz auszusaugen. Ich habe die Fröhlichkeit der Soldaten und Metzger gesehen und den hochmütigen, mehr oder weniger dummen Sarkasmus, und nun habe ich dich gesehen, oh, mein Gott!

Und nun, wo ich dich gesehen habe, will ich wie ein heiliges und liebendes Kind leben. Ich habe meinen Charakter und meine Fähigkeiten dargelegt. Ich füge hinzu im Namen von Gott, meinem intellektuellen Vater und Beschützer, dass ich mit Ernst meinen Unterricht an der Gemeindeschule in der Rue Chanzy verfolgt habe; dass meine Lehrer keineswegs genial waren, aber dass sie sensibel, ergeben, oft feinsinnig und voller Tiefe waren; dass sie mich 1895 zum Ehrenpreis der Stadt Paris geführt haben. Ich füge noch hinzu, dass ich in Paris am 11. Juli 1876 und nicht am 11. Juli 1878 in der Rue Sedaine geboren wurde, wie ich Léonie gesagt habe, um mich jünger zu machen. Oh! Wie sehr ich es bereue, dass ich euch betrogen habe, euch, meine Kollegen der verschiedenen Ateliers, denn ich bin mit bewundernswert intelligenten Leuten zusammengekommen und ich habe sie immer getäuscht, was ich bereue. O meine Seele! Erinnere dich! Wenn du diese Frau geliebt hast, die übrigens wenig vornehm war, bereue ich es, zu gestehen …

DER ENGEL

Was weißt du darüber?

ICH, MATOREL

Mein Gott! Entfernt von mir diese schreckliche und köstliche Erinnerung an Léonie. Entfernt von mir diese Bilder, mein Gott! Eine Frau bis zum Selbstmord geliebt zu haben. Ich habe etwas anderes zu tun, als mich mit dieser körperlichen Liebe zu beschäftigen. Das war am Boulevard Barbès in einem Zimmer für hundert Franc. Wir hatten nur ein kleines Eisenbett.

DER ENGEL

Gott ist nicht glücklich, dass du sein Werk verleugnest. Bestimmte er dich nicht dazu, liebend vor Freude zu sterben?

Ich habe die Liebe mit einem sanften Abscheu kennengelernt. Soll ich bedauern, dass ich Sodomit war, allerdings ohne Freude, aber mit Leidenschaft? Aber Ihr, verzeiht mir, mein Gott, wenn Ihr in mir seid, denn Ihr kennt meine Unschuld.

KAPITEL IV

FIRMA CHEIRET UND COMPAGNIE

»Firma Cheiret! Oh! Alte Firma Cheiret, und doch so modern! Firma Cheiret und Compagnie, ich sehe dich vor meinem Auge! Ich erinnere mich an die Schwungräder deiner elektrischen Maschine. Faubourg Saint-Antoine! Du hast mich gelehrt zu leiden, d. h. zu leben, und ich sehe dich vor mir, lieber Faubourg Saint-Antoine. Ich sehe die Möbelfabrik, ich sehe euch wieder, den einen um den anderen, Regale des Einzelhandelsgeschäfts. Lederwarenabteilung! Phonographie! Buchhandlung! Salons im Stil Ludwigs XVI.! ›Baratton wird unterstützt von einem Aktienhändler in Marseille. Als man ihn vor die Tür gesetzt hat, hat er telegraphiert …!‹ Aber ihr! Groll! Ehrgeiz! Liebeleien! Sport! Resignation! Hassgefühle! Theater! Snobismus! Ich habe euch im Kittel die eisernen Karren schieben sehen! ›Trau nicht dem zweiten Mann der Abteilung L., da ist ein Denunziant!‹ Ah! Was doch jeder zwischen Brust und Bauch mit sich herumtrug!«

»Wie würden Sie es machen, lieber Mann. Meine Frau ist bereit, Erfolg zu haben. Sie beklagt sich und ich bin hier hinter dem Ladentisch festnagelt.«

»Fragen Sie den Chef! Es hat keinen Wert, mit mir darüber zu sprechen!«

»Manchmal lässt er auch den ganzen Tag Besorgungen machen, dann kann man sich verständigen, aber das ist, als ob er es absichtlich machte, ich bin festgenagelt seit fünfzehn Tagen. Das ist egal, aber ich möchte gerne wissen, ob meine Kinder aus dieser Welt stammen.«

Dort hinten, am Ende des Hofes, fielen Pitchpine-Stücke mit dem Geräusch wie ein Wasserfall nieder. Außerdem nahmen Männer Saargemünder Porzellan in Empfang für ihren Bazar, und jeder Mann schwieg wegen des Lärms, wegen der Überwachung und auch aus Vorsicht.

»Wer sind Sie denn, mein Herr? Wir haben nur die Anweisungen dieser Herren!«

»Ich bin Bécart und Compagnie aus Nancy; ich bin an der Gare de l'Est mit meinen Koffern und Kasten.«

»Charles! Sie werden die Koffer von Monsieur Bécart zu seiner Adresse bringen lassen … Schufte! Wer hat uns das eingebrockt? Fragen Sie doch diese Herren, ob es die Mühe lohnt … Unsere Männer sind mit Arbeit überhäuft … Wie sollten sie zur Gare de l'Est gehen?«

Herr Bécart aus Nancy kam um sieben Uhr abends zurück.

»Ich erwarte Ihre Leute seit heute Morgen am Bahnhof für meine Kisten! …«

Aber jeder zog eilig seinen Arbeitskittel aus zum Abendessen.

Es gab die Samstagabende und ihre fröhliche Hast, die Montagmorgen und ihre Berichte, die frisch wie die Morgenröte waren, es gab den Ernst der Zahltage, die Ferienpläne, über die man im Geheimen spricht; der Dezember war gehetzt wie die Samstagabende. Im Juni tratest du, Fahrzeug der Armen, silbriges Fahrrad, in Erscheinung. Um euer geheimnisvolles Auge, düstere Fotoapparate, habe ich als einfacher Bodenreiniger mit den vornehmsten Vorstehern der Abteilung in feierlichen Zusammenkünften sympathisiert. Aber du selbst, demütiger und hochmütiger Matorel, hast du nicht, wie man einem Lehrer zuhört, Fessard von der Fabrik zugehört, während er das Papier Zulma erklärte. Matorel, beide Hände in den Hosentaschen, die Brille auf der Nase, ließ die Falten seines Kittels ohne jede Eleganz kreisen, und Fessard erklärte das Papier des Verlagshauses Zulma. Im Juni erscheint ihr, Wettrennen und Meisterschaftskämpfe! Einer meiner Kollegen, Aufseher, trainiert für die Wettrennen einen Monat lang mit seinem Wägelchen für den Wettlauf, mit Hilfe seiner Uhr! ›Monsieur Matorel, Sie als Gelehrter, wissen Sie, ob es wahr ist, dass der Essig einen abnehmen lässt?‹ Matorel schrieb Monsieur Lepautre, dem Aufseher bei den Wellrädern, eine Diät vor, um ihm den Erfolg beim großen Fußmarsch der Angestellten zu sichern. Acht Tage lang hielten sich die Angestellten an die Vorschriften des weisen Matorel; manche waren eifersüchtig.

Da Victor in der Buchhaltung wegen einer Geschichte mit einer englischen Rechnung war, die weder jemand aus der Produktion noch aus dem Vertrieb hätte übersetzen können und die er diskreterweise in den Korb gelegt hatte, sodass sie niemand mehr störte, erkannte er in der Menge der sitzenden Angestellten Émile Cordier, seinen alten Klassenkameraden aus der Gemeindeschule in der Rue Chanzy.

»Oh, mein lieber Cordier, da bist du nun in dieser Fabrik, welches Glück. Zufall!«

»Immer noch derselbe, kleiner Victor! Er war fürs Theater geschaffen, dieser Typ! Was für einen intelligenten Kopf du hast. Was gäb ich dafür, einen Schauspielerkopf zu haben wie du!«

»Ich habe zu große Füße, um Schauspieler zu sein! Aber du bist nicht mehr beim Ba-Ta-Clan?«

»Ich habe dem Patron Bescheid gesagt.« Émile lachte in seinen dicken Hals hinein und seine Augen glänzten.

»Und Madame Schneider? Spielst du noch Geige?«

Émile war misstrauisch, ohne es zu zeigen.

»Angeber!«, murmelte ein Nebenstehender.

»Ich spreche nicht mit Büromenschen Ihrer Art«, sagte Cordier, wobei er sich schwerfällig umwendete.

Einst war Émile Cordier, netter Lehrling bei Schneider, dem großen Papierwarenhändler des Cours de Vincennes als Lakai von Madame Schneider in ihre Wohnung am Boulevard Voltaire genommen worden. Sie hatte ihm Unterricht im Geigenspiel geben lassen: ›Das wird ein Ansporn für die Kinder sein!‹ Vom Ehemann nach einem schrecklichen Skandal entlassen, hatte Émile Cordier am Ba-Ta-Clan mit der Nachahmung von Schauspielern, die en vogue waren, angefangen. Er hatte sich von Madame Schneider ein Zimmer mit Mahagonimöbeln einrichten lassen. Eines Tages begegneten sich die Mutter von Cordier und Madame Schneider in dem Mahagonizimmer, erröteten und umarmten sich schließlich, während er Socken aus Seide anzog.

Eine Rüge des Chefs der Buchhaltung rief die beiden mit ungeduldigem Ton zur Ordnung. Zwischen den sitzenden und den stehenden Angestellten gab es eine Schranke, die sich aus natürlichem Hass und Verordnungen zusammensetzte. Am Ausgang, auf dem Gehweg der Vorstadt erzählte der geschwätzige Victor dem gleichgültigen Émile tausend Anekdoten.

»Der Chefinspektor ist ein ehemaliger Doktor für Homöopathie, er hat gesagt: ›Ich will, dass es in jeder Abteilung sitzende und stehende Angestellte gibt!‹«

Die schwarze Flut der Männer und Frauen trennte sich unter dem Schild: »Cheiret und Compagnie« und in der Nacht.

»Es gibt einen Ehrentrunk bei Pousset wegen der ›Palmes académiques‹ von Fessard.«

»Guten Abend! Viel Vergnügen.«

Émile und Victor gingen ins Café Raynal, unter dem Aushängeschild »Sergeant Bobillot«, um einen Pernod zu trinken.

»Was für üble Kerle sind die Schauspieler«, sagte Cordier. »Du hättest sie ausgestochen. Für mich existiert nur Le Bargy.«

Victor sprach mit selbstgefälliger Miene von dem Chaos im Hause Cheiret, zog über alle Chefs her und lachte schließlich geräuschvoll unter dem Einfluss des Absinths; Cordier und er bewunderten sich gegenseitig.

»Der Versandleiter wollte den Polizeisekretär bestechen, aber nur der Geschäftsführer hat das Recht, dem Sekretär der Polizei Schmiergelder zu zahlen. Monsieur Cheiret ist selbst eingeschritten. Monsieur Cheiret ist stolz darauf, sich gut auf Französisch auszudrücken, und klebt jeden Tag Zettel an und verbringt die Nächte damit, sie zu verfassen. Ein Angestellter ist entlassen worden, weil er sich über den Stil des Chefs lustig gemacht hat. Monsieur Cheiret weiß nicht einmal, welches die Hauptstadt des Départements Corrèze ist. Er hat seinem Dienstmädchen gekündigt, weil sie es weiß.«

»Mein Kleiner, ich will dir etwas vorschlagen.«

Cordier war sein Leben lang das ruhige und gesunde Kind geblieben, das er schon als Baby war. Er fuhr fort:

»Ich kann es nicht leiden, wenn man mich wegen läppischer Fragen hänselt. Es scheint, dass ich sehr schlecht geschrieben habe. Was hältst du davon?«

Victor fand, dass Cordier gut schrieb. Er lachte sehr laut.

»Nun, das will ich dir vorschlagen. Was würdest du zu einer Wagenpartie sagen? Du weißt, dass wir sehr viel Geld verdienen könnten, wenn wir im Schaustellerwagen reisen, und uns keine Minute lang langweilen. Du kennst dich nicht aus mit der Herrenkonfektion? Nun, ich werde es dir beibringen! Das ist eine Frage der Konfektionsgröße. Der Herr! Diese Maße! Größe 19 oder 20 oder 30, das hängt vom Typ ab. Sie erraten es! … Eine blauer Leinenhose? … Hier, mein Herr! Und dann ist es geschafft. Sehen Sie diese Größe so und so … Wie findest du das? … Ich habe den Schaustellerwagen. Ich habe auch eine englische Firma, die keine Kaution verlangt. Ich spiele Geige, um das Volk anzuziehen, du, du gibst Anekdoten zum Besten! Du spielst den Marktschreier. Du machst das sehr gut! Er war wie fürs Theater geschaffen, dieser Typ! Nicht wahr?«

Victor fand das Reisen im Schaustellerwagen nicht sehr vornehm, aber er fand es pittoresk. Übrigens hatte Cordier gesprochen, der Frauenheld, der sich durchzuschlagen wusste, und hatte immer recht. Am selben Abend gingen sie in die Passage der Rue de la Roquette, um sich den Wagen bei Laternenlicht anzusehen. Es handelte sich einen Wagen mit Lackverdeck. Victor begutachtete den Wagen im Zylinder. Émile betastete die Ledersitze und die Achsen: er sprach von Geschäften.

KAPITEL V

VICTOR MATOREL REIST IM SCHAUSTELLERWAGEN

Émile Cordier und der kleine Matorel wurden die Botschafter des Fortschritts in unserer Provinz. Da eine Maschine aus England den Markt der Konfektionskleidung durcheinandergebracht hatte, vertraute eine gewisse Firma namens Millancourt aus Moulins (Vertretung in Paris, 163 Faubourg du Temple) den Handelsvertretern die Aufgabe an, ihre Produkte abzusetzen. Ich hielt mich damals in der Sommerfrische in dem einzigen Gasthof eines Marktfleckens auf, dessen Lage die Künstler anzog. Oh, Zivilisation! Eines Tages sah ich am Fuß eines Berges, der ganz blau im Schatten lag und auf der Straße, die das Gebirge teilt, einen Wagen stehen und daneben zwei Männer, die in der Einsamkeit gestikulierten. Émile Cordier und Matorel übten sich in der prahlerischen Anpreisung ihrer Ware. Cordier, vornehm gekleidet und kritisch, hielt seine Geige in der Hand. Matorel, in blauer Strickjacke, die ziemlich schmutzig war, hielt eine Rede in der Wüste:

»Ja, meine Damen und Herren«, sagte Matorel, »dank des Fortschritts der modernen Wissenschaft werden wir bald in unserem Reisekoffer mehr Fräcke als Hemden haben.«

»Findest du nicht, dass du es zu weit treibst? Sei ruhiger. Ich hätte gerne etwas dieser Art: ›Dank denen, usf. … nicht wahr … bieten wir an oder sind wir bereit anzubieten, oder wir haben Ihnen angeboten, oder auch, wir haben in unseren Regalen.‹ Oder auch, so schlage ich vor, sieh nur … Man legt den Zeigefinger an den Daumen und man hält die andere Hand an die Hüfte.«

»Ich habe verstanden«, sagte Matorel. »So! Haltet uns nicht für Scharlatane …«

»Bravo! So ist es recht. Geh nun und nicht zu viele Übertreibungen … Er ist wichtigtuerisch, dieser Kerl! Du wirst alle zum Lachen bringen: Nein! Das ist zu viel! Das ist zu gut! Ich sage dir doch, du warst fürs Theater geschaffen.«

»Als Repräsentanten der größten Firma der Welt für Konfektionskleidung sind wir bereit, Ihnen zu einem außergewöhnlich günstigen Preis eine Ware anzubieten, die sich nie abnützt. Treten Sie näher, meine Hausfrauen, überzeugen Sie sich selbst.«

Ich unterbrach diese interessante Wiederholung. Man bot mir an, in den Wagen zu steigen: ich setzte mich unter das Verdeck neben ein hübsches Mädchen vom Faubourg Saint-Antoine, das in Cordier verliebt war, und wir brachen auf. Die Landschaft war wunderschön, Victor erklärte uns alle ihre Reize; von Zeit zu Zeit schwieg er; dann gab er Aphorismen von sich, die Cordier nicht verstand, aber die seine Bewunderung für Victor steigerten.

»Im Alten Testament zählen die Jahre und die Tage weder durch das morgendliche Aufstehen noch durch das Zubettgehen der Menschen, noch durch den Mond noch durch die Sonne, sie sind mächtig durch die Zahlen, denn die Zahl ist gewaltig. Wissen Sie, warum in den Heiligen Büchern die Rede von der Ankunft in und von dem Auszug aus Ägypten ist? Nun! Deshalb, weil Ägypten das Land der Magie ist, und weil ein Weiser, um zur Weisheit zu gelangen, durch die ägyptische Magie hindurchgegangen sein muss.«

»Die Magie, sage ich, ist wie der Journalismus, der ja nach seiner Ausdrucksart zu allem führt.«

»Wir wollen die Denkmäler wieder aufbauen, denn alles ist zu Ende und alles beginnt für die Bewohner des Okzidents aufs Neue, die Wahrheit ist in Ägypten. Sicher! Jesus Christus stammte nicht aus Nazareth, sondern es war Moses, der das Nazarenertum erschaffen hatte, das ein Seminar der Weisen war, deshalb nannte man den Weisesten der Weisen den Nazarener. Übrigens ist Jesus ein Symbol[1], oder zumindest, er ist Gott geworden, er war dazu vorbestimmt, sich nach den ausgezeichneten ägyptischen Riten zu Gott zu machen. Seine Geburt datiert von seiner Auferstehung an, und seinem Tod und seiner zweiten Auferstehung … oder der Jahrtausendfeier.«

»Er ist zum Schießen, dieser Kerl!«, sagte Émile Cordier. »Jesus Christus, glaubst du ernsthaft an Jesus Christus? Man weiß nie, ob er Witze macht oder nicht.«

»Alle Gestalten der Bibel stellen einen reinen planetarischen Typ dar: Joseph, Interpret der Bilder, ist der

1 Anmerkung der zweiten Auflage. – Der Autor protestiert heute gegen die Worte von Matorel, der in jeder Hinsicht ein wenig katholischer Autodidakt ist.

Uranostyp; Samson ist der Sonnentyp; Abraham, das ist der Priester, der Jupitertyp. Es gibt normale Typen, in allen Stücken erschaffen. Heißt es nicht, dass Adam der erste ›Ecce Homo‹ ist, d. h. der erste Mensch, der Christus gleicht? Auf alle Fälle ist das der reine Mensch und Christus auch. Keine dämonischen Persönlichkeiten …«

»Wo hast du das aufführen gesehen?«, fragte die Frau.

»Du langweilst uns«, sagte Émile.

»Ich glaube, dass für die Ägypter der Würfel so schwer war wie der Kreis«, fügte Victor nach einem Schweigen hinzu. »Oh, Philologie! Was für ein Führer!«

Wir waren angekommen. Cordier kümmerte sich um alles. Matorel sagte noch, während er über die Schwelle schritt:

»Die Wolken verdecken den Himmel wie Pfeifenrauch. Ah! Wenn ihr die reinen Farben, die reinen Formen, die ewigen Embleme kennen würdet. Das Universum mit seiner allgemeinen Verbindung zwischen der Materie und dem Geist, das Universum ist irgendwie von einer überraschenden Schönheit, die keine Vorstellungskraft erfassen kann.«

»Dennoch, mein lieber Matorel, sage ich, der Mensch trägt den Himmel in sich.«

»Der Himmel ist der Nacken des Menschen; aber er ist nur ein Himmel, der Mensch; es gibt andere.«

»Matorel ist ein Denker«, sagte Cordier. »Ah!, wenn er nur zum Theater gegangen wäre.«

»Das Abendessen für die Herren ist bereit«, sagte die Gastwirtin.

Wir drängten in einen sehr schmucken Speisesaal. Cordier und Matorel stritten sich wegen einer Frau aus dem Dorf, die sich in einem Laden die Lippen rot anmalte. Matorel wollte ihr keinen Brief für Cordier überbringen und schon gar nicht diesen Brief verfassen. Die beiden Freunde zerstritten sich. Der Zwist wäre lebhafter gewesen, wenn Matorel nicht Angst vor Schlägen gehabt hätte und vor allem, wenn er nicht in dem Saal Monsieur Millancourt erblickt hätte, den jungen Arthur Millancourt, der im Dienst seines Bruders Aristide reiste: Matorel wurde auf der Stelle benommen vor Schüchternheit.

Arthur Millancourt reiste mit dem Zug durch die Lande und stieg aus, wenn er seiner Meinung nach aussteigen musste. Er ähnelte Matorel, war aber beinahe einsachtzig groß; er hatte große Augen, große weiße Zähne; er lachte laut und öffnete dann seinen Bart wie einen Fächer. Monsieur Aristide Millancourt aus Moulins war ein zierlicher und düsterer Mann, der hustete, er schien eine Art Girren in den Eingeweiden zu haben und sprach nie, weil er seine eigenen Derbheiten fürchtete. Madame Millancourt, die Schwägerin von Arthur, war eine kleine Alte, beweglich und voller Runzeln, sehr kokett und lebhaft. Ah! Die Reisen von Monsieur Arthur! Er kam zurück, glaubte, sich ärgern zu müssen, er erschreckte die Familie mit seinen harten Worten, seinen geräuschvollen Liedern, seinen Revolten gegen die Routine und die Provinz. Er brachte wenig Bestellungen mit, die in seinen ledernen Notizheften, die er als Reisender füllte, aufgeschrieben waren; aber dafür brachte er sehr viel Lärm mit, unbestimmte Angaben bezüglich des Fortschritts, der verwirklicht werden sollte. Er streckte sich aufwendig auf dem Sofa aus, gab Befehle und brütete Groll, Hassgefühle aus. Seine Emotionen, gefolgt von Tränen waren im ganzen Haus und auf der Straße zu hören. Er schockierte seinen Bruder und seine Schwägerin. Die Frauen aus dem Volk liebten ihn sehr, er führte sie nachts in sein Schlafzimmer und gab aus Eitelkeit seine Geheimnisse preis.

Matorel blieb nicht lange ein ernster Denker; sofort nach dem ersten Glas Wein wurde er übermütig und nahm sich instinktiv vor, den Chef in Erstaunen zu versetzen.

»Wussten Sie, mein Herr, dass man im fünfzehnten Jahrhundert blonde Perücken trug. Wie sie gemacht waren, weiß ich nicht, aber man trug Perücken.«

»Blo-on-on-on-de Perücken! Blonde Perücken und schwarze Kragen!«, sang Monsieur Arthur.

»Nein! Nein! Ah, nein! Ich unterbreche Sie: keine schwarzen Kragen, rote Kragen und grüne Kragen oder … aus Kammgarn. Ich habe ein miserables Gedächtnis: es gab Kammgarn, den dünnen Taft, Spulen für den Schussfaden, und … und … ich weiß nicht mehr.«

»Man trug weiche Stiefel«, sagte Arthur. »›Wenn du nicht zu Lagardère kommst, wird Lagardère zu dir kommen!‹ Haben Sie niemals Mélingue gesehen? Ich auch nicht, aber mein Vater hat Mélingue gesehen.«

»Früher ging ich zur Bibliothek der Rue Turgot, ich habe gelernt, dass die Kragen mit einem vergoldeten Band festgehalten wurden, das einem vergoldeten Schnürsenkel ähnelte.«

»Ah! Ah! … die Knappen … die Schnürbänder … der Mantel der Musketiere … den Degen ziehen … mein Vater hat Dumas den Älteren in einem Gasthof ähnlich wie diesem getroffen; er kochte. Was für ein Gasthof.«

Anschließend Lachanfall.

»Sie werden diese armen Leute verärgern, mein Herr! Und man hat so viel Mühe im Leben … Ah! Ich habe auf den Landstraßen manche Sachen erlebt.«

Es war nun sechs Wochen her, dass Cordier und er unterwegs waren.

»Es ist nicht der Mühe wert, den Mühseligen weitere Mühsal zu bereiten«, sagte der geistreiche Monsieur Arthur.

Matorel lachte mit seinem traurigen und zerstreuten Lachen. Monsieur Arthur gluckste; seine Brust wölbte sich, er weinte schließlich darüber. Er hatte ein grausames Lachen.

»Was habe ich doch noch gesagt?«, sagte Monsieur Arthur. »Ah! Ja … Mein Vater ist Dumas begegnet. Ah! das war ein fideler Kerl! … Ah, ah, ah! … Man eroberte die Frauen im Handstreich damals. Ja! Im Hotel zum grünen Kreuz habe ich eine kleine Brünette gekannt …«

Da errötete Matorel unter seiner großen Stirn und lächelte dümmlich.

Am folgenden Tag überraschte Monsieur Arthur Victor noch im Bett mit höflichen Entschuldigungen, Grußworten, der Grazie eines Fechtmeisters. Matorel antwortete kühl: er war jeden Morgen traurig. Der Geschäftsmann zeigte ihm eine Schachtel voller Schmuckstücke, Ketten aus Kristall, Karneol, Gold, kleinen Brillanten; er erklärte ihm, dass ein gewisser Gaukler ihn gelehrt habe, dass die Edelsteine und Metalle Einfluss auf das Schicksal haben, und dass er, da er fand, dass es nicht vornehm sei, Schmuckstücke zu tragen, sie nur in sein Gepäck legte. Er schlug Matorel vor, ihn, wenn er sich erst mit Sorgfalt gekleidet habe, zu einer alten Gräfin aus seiner Kundschaft mitzunehmen, die in einem benachbarten Schloss wohnte. Er behauptete, die Dame sei in ihn verliebt, und dass Matorel ihm als Respektsperson beistehen könne. Die Gräfin, die ihren Lieferanten erwartete, hatte ihren Wagen geschickt, und die Kalesche war ein Ereignis im Leben von Matorel und dem von Monsieur Millancourt. Das befestigte ihre entstehende Freundschaft. Monsieur Arthur glaubte, für seinen neuen Freund »etwas tun zu müssen«. Er schlug ihm vor, ihn zu seiner Familie mitzunehmen. Cordier zeigte in diesen Umständen bewundernswerte Selbstlosigkeit. Seine Gefährtin ersetzte Matorel als Verkäuferin.

KAPITEL VI

DIEB

»Was ich nicht verstehe«, sagte Monsieur Millancourt, während er Victor in das Casino eines nahe bei Moulins gelegenen Heilbades führte, »was ich nicht verstehe, ist, dass du in den Armenvierteln lebst und im Kittel herumläufst. Sicherlich ist es keine Schande, ärmlich auszusehen, aber im Grunde sollte das nicht sichtbar sein. Warum wirst du nicht Handelsreisender?«

»Ich bräuchte zwei- oder dreihundert Franc, um meine Garderobe zu vervollständigen«, sagte der künftige Mönch.

Monsieur Arthur schwieg.

Sie kamen im Casino an. Die Röcke der Frauen wirbelten den Staub bis zu den Rändern der Wände auf. Es gab einen Spieltisch, der mit Jetons aus Elfenbeinvierecken bedeckt war, und auf dem Tischtuch lag Geld. Wegen einer vorüberziehenden Kavalkade begab sich jedermann auf den Balkon, und das Geld blieb dort, auf dem Tuch. Und Matorel, der ein Fernglas in der Hand hielt, hatte eine große Feuersbrunst in der Brust, Lust auf Piraterie.

Er lächelte nicht mehr unter seiner großen Stirn. Er betrachtete nicht mehr hinter seinen Augen das Bild seiner Gedanken; es gab nur noch eine Tatsache auf der Welt: dieses mit Gold vermischte Geld und seine innerlich gerötete Brust. Da sagte eine Stimme innen in seinem Ohr: »Dieb! Dieb!«; eine Stimme sang in einem fröhlichen Rhythmus, einer klaren Stimme: »Dieb! Dieb! Dieb!«, und er lächelte über eine Kindheitserinnerung: »Kuckuck! Kuckuck!«

Dennoch nahm er das Gold und das Geld, verließ das Casino, fand einen Fluss, eine Art von felsigem Strand. »Ah! Wie alles ehrlich ist angesichts des strömenden Wassers, nicht wahr, Matorel?« Er setzte das Fernglas an seine Augen und tat so, wie um vor sich selbst sein Rotwerden zu verbergen, als ob er die Felsen des Ufers zurücktreten und sich nähern lassen wolle. Er betrachtete die Wunder der weißen Felsen: »Ausbruch! Nebel! Ausbruch! Nebel! Kuckuck! Oh! Dieb!« In seinem Gesichtsfeld tauchte ein Hund auf, der am Ufer seine Gestalt unter den Pflanzen der Felsen zu verändern schien.

Matorel wurde mit Beifall beim Bruder von Monsieur Arthur empfangen; er hat sich seitdem an einen prachtvollen Speisesaal erinnert; einen runden Tisch, um den brave Kinder herumsaßen. Am Tag seiner Ankunft selbst führte Monsieur Arthur ihn oben auf einen Berg, von dem aus man eine wunderbare Landschaft erblickte. Die Sonne sank herab, wobei sie durch die Blätter der Stechpalmen auf den Rand der Landstraße schien.

»Sieh da! Ein Soldat, der Schildwache steht!«, sagte Matorel.

»Das geschieht wegen des Fechtturniers … morgen werden die Fechter gegeneinander kämpfen, ganz mit der Degenspitze, wie La Fontaine sagt. Die Eiche und das Schilfrohr: die Eiche sagte eines Tages zum Schilfrohr: ›Ihr habt wohl Grund, die Natur anzuklagen …‹«

Matorel war beeindruckt von der Schönheit der Landschaft.

»Du gehst auch zum Fechten, Arthur«, sagte Victor.

Da waren Spuren auf dem Sand mit geheimnisvollen Vierecken, eine zur Wiese hin geöffnete Hürde.

»Du wirst das sehen, du wirst deinen Freund Arthur im weißen Brustharnisch sehen.«

Matorel lachte laut heraus und beleidigte tief seinen kurzlebigen Freund; in diesem Augenblick war alles zu Ende zwischen den zwei Männern. Am selben Abend fand Matorel auf seinem Nachttisch einen langen, zornigen Brief in einer abgerundeten, schwungvollen, gleichmäßigen und länglichen Schrift, der mit folgenden Worten begann:

»Monsieur,
Sie haben die Güte einer ehrbaren Familie missbraucht, um sich unterbringen zu lassen. Nichtstuer Ihrer Art passen nicht zu ehrbaren Geschäftsleuten, usf. …«

Ein Hundertsousstück begleitete den Brief: die hundert Sous stammten vom Bruder von Monsieur Arthur. Matorel wollte am selben Abend aufbrechen, ohne das Geld zu nehmen, oder Monsieur Arthur beschimpfen oder ihm schreiben; er stieg eine Treppe hinab, stieg wieder über die Dienstbotentreppe hinauf, ergriff das

Geldstück, rot vor Scham, und nahm den Zug, um Cordier wieder zu treffen. Er weinte im Waggon heiße Tränen.

KAPITEL VII

DER KOFFER

»Nun! Geht das nicht mit der Gewandung, meine Herren?«, sagte Monsieur Cheiret persönlich. »Ihr scheint wieder in den Schoß der Familie zurückzukehren. Ich wünsche mir keine Besseren als euch wieder in meine Firma aufzunehmen, euch Unzertrennliche, es ist so! Aber Sie wissen, Matorel, keine Geschichten, keine Intrigen! Wer ist dieser Chemiker, den Sie in der Abteilung M. unterbringen wollten, Monsieur? Doch! Doch! Man hat mir von einem ganzen Komplott wegen eines Chemikers erzählt, einem gewissen Plumotte unter Ihren Freunden, der einen Lack erfunden haben soll. Sie sollen tausend Schritte unternommen haben.«

»Ich, Monsieur? …«

»Lügen Sie nicht. Ich kann es nicht leiden, wenn man mich anlügt! Diese Herren und ich wissen alles, was in der Firma vorgeht.«

»Dank des Oberaufsehers«, sagte Matorel.

»Ja … ein netter Spitzel«, sagte Cordier.

»Nun! Meine Herren! Nun! Was geht das mich an! Wer ist dazu denn imstande? Sie kommen hierher, um mich um den Gefallen zu bitten, Sie wieder einzustellen, und nun wollen Sie schon alles ändern. Das ist gut! Nehmen Sie Ihre Posten wieder ein, Sie in der Buchhaltung, Cordier, und Sie in der Verwaltung, und von Ihren Abstechern soll nicht mehr die Rede sein. Sie sind zwei intelligente Jungen und ich habe Achtung vor Ihnen. Ah! Bei dieser Gelegenheit, Cordier! … Was hat es mit dieser Geschichte mit dem Fräulein vom Telefondienst auf sich? Ich wünsche das nicht, verstanden? Ich will nicht, dass die Firma als Deckmantel für … Sie verstehen, nicht wahr? Die Hälfte davon genügt … Brechen Sie die Beziehung ab! Brechen Sie die Beziehung ab! … brechen Sie sie ab! So ist es gut!«

Cordier hatte, indem er die Firma Cheiret für die Landstraßen Frankreichs mit einem Schaustellerwagen, der Kleidung verhieß, eine liebende Seele im Kummer verlassen! Mademoiselle Berthe vom Telefondienst liebte ihn. Cordier und Matorel hatten für sie unter Gelächter Verse geschmiedet, die sie voller Gefühl gelesen hatte:

Wer heut noch Sklave ist, wird morgen König sein,
Paris ist, Arbeiter, in deiner Hand.
Nehmt an, Madame, und willigt ein,
Denn unterm schlichten Kittel steht ein Herz in Brand.

Das Fräulein vom Telefondienst war bereit, ihre Familie zu verlassen, um Cordier zu folgen. Am Abend war Mademoiselle Berthe, statt den Englischkurs im Rathaus des Boulevard Voltaire zu besuchen, mit Cordier und Matorel ausgegangen. An einem Samstag waren sie zusammen auf dem Foire du Trône, und Mademoiselle

Berthe befand sich trotz ihrer Eleganz mit ihnen in der bescheidensten Kampfarena. Cordier liebte die weiten Umhänge der Kämpfer, ihre dicken Hälse, ihre rosa Trikots; Matorel liebte die Menge und die Lampen; Mademoiselle Berthe liebte Cordier.

»Er ist kräftig, dieser Kerl«, sagte Cordier.

»Das ist ein Kunstgriff«, sagte Victor.

»Er würde dich mit einer Hand niederschlagen, wenn er wollte. Was für ein Pöbel! Nun, kommen Sie, Berthe?«

Cordier war schon in schlechter Stimmung.

»So warte doch! Ich mag es gerne, wenn sie die Beine in der Luft haben«, sagte Victor.

Victor blieb allein zurück: nun, ein Amerikaner hatte sich an den Kämpfer im Trikot geklammert, ein Amerikaner, dessen gepolsterte Jacke mit offen stehenden Taschen über einem Stuhl hing. Ein rotes Portemonnaie glänzte in der linken Tasche, und Victor ließ es instinktiv in seine Finger gleiten. Er hielt das Portemonnaie fest, er zog ein Taschentuch hervor, er zog ein langes, hinderliches Ding hervor: eine Schnur!

Die Vorstellung ging weiter. Victor hatte seine Freunde aus den Augen verloren, er sah die Schnur an: sie war seltsam gedreht. Er kam nicht auf die Idee, diese besondere Schnur loszuwerden, den sicheren Beweis für den Diebstahl. Wegen der Schnur dachte er an seinen ehrbaren Vater, an den Untersuchungsrichter.

»Oh! Das! Der Untersuchungsrichter! Mit Verstand zieht man sich aus der Affäre. Was Vater betrifft … das ist ein Idiot.«

Er dachte daran, die Schnur in den Rinnstein zu werfen, dann in die Seine; er stellte sich die Kloaken bevölkert vor, die Ufer der Seine bewohnt; er warf die Schnur in den Kanal Saint-Martin, genehmigte sich eine Zigarre, seinen Kaffee für zwei Sous; am folgenden Tag verfocht er am Tisch des Restaurants Mazel mit Brillanz eine Theorie des Immoralismus. Am folgenden Samstag erkannte Cordier, als er aus dem Theater kam, seinen Koffer auf dem Gehweg vor dem Hotel du Piémont, in dem er ein Nachbarzimmer von Matorel bewohnte. Seit Langem waren die Mahagonimöbel verkauft worden, um Kleidung anzuschaffen. Dieser Koffer auf der verlassenen Straße war seiner! Er steigt hinauf zum Zimmer von Matorel, er klopft an, ohne eine Antwort zu bekommen.

»Sein Schlüssel liegt doch nicht mehr im Fach, er befindet sich in seinem Zimmer!«

Cordier ahnte, dass sein Freund wusste, dass sich sein Koffer auf dem Bürgersteig befand.

»Ah! Du willst meine Anzüge, um Handlungsreisender zu werden, du wirst sehen!«

Matorel sah nichts. Cordier, der im Allgemeinen einen guten Schlaf hatte, blieb die ganze Nacht wach, Matorel schlief nicht besser in dieser Nacht. Sie wussten beide, dass sie wach lagen, ohne sich zu trauen, nach dem anderen zu rufen. Cordier sagte zu sich:

»Ganz entschieden, er ist verrückt, total verrückt; ich will nichts mehr von diesem Kerl hören!«

Tatsächlich hatte Matorel den Koffer heruntergetragen, als er mehr von Angst als von Gewissensbissen erfasst wurde, er hatte vergeblich zu dieser Stunde in der verlassenen Straße nach Hilfe gesucht, hatte den Koffer wieder hinauftragen wollen, aber er hatte weder die Kraft noch den Mut dazu.

Matorel erschien nur in der Firma Cheiret, um sich sein Gehalt auszahlen zu lassen; er erschien nicht mehr bei seinen Eltern und sagte Léonie Adieu. Zu dieser Zeit erhielt er durch die Protektion eines Professors an der Sorbonne, den er in einem Museum kennengelernt hatte, eine Stelle bei der Metro.

KAPITEL VIII

KAPITEL DER GEWISSENSBISSE

»Die Tante Céline hat einen schlechten Weg eingeschlagen«, sagte die Mutter von Matorel oft, »das ist wegen diesem Ball im Hôtel Moderne!«

Die Schwestern und Brüder von Victor (seid beruhigt Freunde! Ich werde euch mein Buch schicken) erinnern sich sicher an das Abenteuer von Tante Céline. Man hat versucht, eure Tante umzubringen, um sie zu bestehlen. Das war ein Drama! Die Zeitungen haben darüber berichtet. Madame Matorel ließ ihr am Sonntag Blumen für »die Kinder« ins Krankenhaus bringen, und Tante Céline weinte, während sie vom Mord erzählte!

»Die Tante Céline hat sich schlecht aufgeführt«, sagte Madame Matorel zu Victors Schwester Sosthénie. »Du siehst, wozu das geführt hat!«

Der Ball im Hôtel Moderne hat Tante Céline zugrunde gerichtet, die Reise von Victor hätte einen Dieb aus ihm machen können. Ein Kern von Redlichkeit hat rechtzeitig Gewissensbisse in diesem Bewusstsein aufkeimen lassen. Hier sind einige Notizen, die in den Papieren des Bruder Manassé, verstorben im Lazaristenkloster von

Barcelona, gefunden wurden und die ein wenig Sympathie für diesen Unglücksraben aufkommen lassen.

Diese Notizen, die meine Freunde, die ich zur Zeit habe, als »Prosastücke« oder »Prosagedichte« bezeichnen würden, und die zu Recht in mehreren literarischen Gothas stehen könnten; der künftige Mönch benutzte sie, um das Feuer im Zimmer am Boulevard Barbès anzufachen. Mademoiselle Léonie stopfte mit diesen Notizen ein Kopfkissen aus, dem es an Rosshaar fehlte. Das, was von dem Manuskript von Matorel, als Mönch Bruder Manassé, bleibt, befindet sich in meinem Besitz.

Hinweis für die Biographen! Ich habe einige dieser Notizen dem guten Alfred Pouthier für seine Sammlung von alten und modernen Handschriften geschenkt. Émile hat vor seinem Tod auch einige Manuskripte besessen. Ich weiß nicht, wo sie jetzt sind. Guillaume Apollinaire hat von Victor Matorel zwei oder drei Zeichnungen, die wahrhaftig »Halluzinationen erwecken«, wie es heißt. Léonie hatte Gedichte, die sie dem Autor einer Music-Hall-Zeitschrift gegeben hat: Der Autor hat sie unter seinem eigenen Namen veröffentlicht, was ihm die Ehre eintrug, in der Comédie Française statt im Olympia, einer Music-Hall, gespielt zu werden. Wie … Warum? … Was soll das heißen, werden Sie mich fragen! … Ah! Geheimnis … Geheimnis … Monsieur Jules Claretie interessiert sich für Dichter und ist ein Mann von Geschmack, wie Sie sehen. Übrigens hatte der Autor, von dem die Rede ist, die »Vis Comica« ebenso und mehr als jeder andere, und was die Gedichte betrifft, bin ich meinerseits froh, dass sie jemandem nützlich waren. Ich sage »Gedichte,

Dichter«: man wird in der Tat bemerken, dass eine insgesamt poetische Seele wach unter der karnevalesken Schale dieses Straßenjungen schlummerte: wir versuchen also hiermit eine Rehabilitierung zu geben. Handelt es sich nur um eine Rehabilitierung? Nein! Meine Herren Kliniker der Kliniken der experimentellen Psychologie, die Sie so häufig und so geduldig über die Voraussetzungen der Romanautoren arbeiten, hier haben Sie eine schöne Gelegenheit, eine Untersuchung zu machen! Eine schöne anthropologische Untersuchung! Seltsame moralische Krankheit! Ich empfehle Ihnen meinen verblichenen Freund Victor Matorel. Ich empfehle Ihnen die Arbeit über den Gedanken »Gewissensbisse« in dem Gehirn der autosynthetischen Imagination. Bemerken Sie anhand der Notizen, die Sie lesen werden, wie der religiöse Gedanke, das, was wir die »mystische Psychose« nennen, in diesem kranken Hirn mit dem Gedanken »Gewissensbisse« verbunden ist. Achten Sie darauf, wie der Gedanke »Krankenhaus, Kloster, Gefängnis, Gewissensbisse, Paul Verlaine« sich leicht bei diesem Unglücklichen vermischen und verwirren, zweifellos Enkel von Tuberkulosekranken und Syphilitikern. Derartige Beispiele von Schwächen, vereint mit dem Glauben, machen langes Reden gegen die Religionen unnütz. Wir sind also zufriedengestellt! Was immer mit dem künstlerischen Rang dieses Werks geschehen mag, so sind wir doch sicher, ein den Gelehrten nützliches Monument errichtet zu haben, das für die Geschichte der Bestie Mensch unerlässliche Dokumente zusammenfasst. Und was kann man, frage ich Sie, von einem realistischen Schriftsteller mehr erwarten?

Wir haben, wie man begreift, viel Mühe gehabt, aus diesen Notizen die zusammenzustellen, die die Beziehung zu verspäteten Skrupeln des künftigen Mönchs und zu einem Kampf gegen die Kleptomanie haben. Hier haben wir eine, die zufällig einen Titel trägt, der sozusagen den Ruf »Gewissensbisse« im Leben von Matorel aufklingen lässt. Noch eine Bemerkung! Der Sinn dieser Notizen ist nicht immer erkennbar. So bezeichnen wir sie noch nicht als Kunstwerk; sie werden vor allem als Dokumente aufgeführt, sie werden hier gezeigt, um zugleich den Bericht und das Gewissen unseres Freundes zu erhellen.

DIE AUTOMATIN

Sie saß mit ihrer Krinoline aus Staub in dem Thronsessel, die Automatin! Und ihre mit Reispuder bestäubten Arme … Der Prinz, der den runden Hut der Gassenjungen trug, betrachtete die gemalten Wimpern auf dem Porzellan und die starren blauen Augen. Die Puppe erhob sich voll Würde und spielte mit ihren gepuderten Fingern auf der Tastatur des Klaviers das Leitmotiv der Gewissensbisse.

Die zweite Notiz scheint uns von einer tiefen Verzweiflung durchdrungen zu sein.

Oberhalb der bedrohlichen Wände sah man, wie etwas Glänzendes und Azurblaues wegflog. Das waren die Engel der Stadt: Sie brachen in Scharen auf wie die Schwalben bei der ersten Kälte. Als der schwarze Kaiser die bedrohlichen Mauern hatte errichten lassen, flogen die Engel der Stadt davon; sie waren nie mehr zu spüren! Nie mehr! Unter uns! Ah! Niemals mehr!

Hier versucht der Unglückliche eine Gewissensprüfung durchzuführen, voller Verzweiflung, wie es scheint:

Porträt von mir, Victor, von ihm selbst: das erste mit Bart, das ist eine Radierung. Das zweite ohne Bart, mit einem hellen, leeren Auge! Und einem allzu aufgesetzten krampfhaften Lachen. Wir steigen die Vorstadt hinauf, die zum Hafen führt! Hier ist das erste Porträt, ich war galant zu der geistreichen Alten! Hinter uns trottete das dünne, magere Trugbild der Freundschaft einher! Hier ist das zweite Porträt: ich fühlte einen schrecklichen Schmerz an der Seite und fiel hin; ein Mann in gebauschter Jacke, schlecht rasiert, hatte mir einen Dolch in die Weiche gestoßen. Und dieser Arbeiter, das war ich selbst: Ah! Das Ich ist nicht das Porträt. Mein Gott, verzeiht meine Fehler! … mein Gott, dass dieses Messer mir Fieber verursachte. Mein Gott, vergebt ihnen allen, aber ich bitte Euch darum, vergesst mich nicht in der Amnestie. Mein Gott!

Es ist unmöglich, hierin nicht den Tonfall der schrecklichsten Aufrichtigkeit zu erkennen. Mademoiselle Léonie, Sie hatten nicht Unrecht, als Sie Ihrem Freund den Titel Gelehrter gaben. Ich habe bemerkt, dass Victor Matorel Verlaine gelesen hat wie ein Sachverständiger, er hatte ihn gelesen und verstanden, so wie man ihn versteht, wenn man ihn mit wenig Distanz liest.

Das Gefängnis! Das Gefängnis! Dir Verlaine, nicht die guten Priester des Refektoriums! Nicht die langen hellen Flure, die regelmäßigen Mahlzeiten, ihre Einfachheit, nicht der tiefe und friedliche Schlaf, die Meditationen ohne unerwünschte Besuche, außer denen der liebsten Freunde, sondern durch den triumphierenden Wächter, ah, das köstliche Gefühl! Dass man unzurechnungsfähig ist!

In den beiden folgenden Stücken, die die Nummer achtzehn und einundzwanzig tragen, scheint es, dass bei einiger Überlegung der künftige Mönch sich mildernde Umstände zugestanden hat. Sehen Sie, wie er sein Milieu beurteilt, das ihn zum Zeugen seiner eigenen Fehler macht:

Zwei Strolche tanzten mit zwei unglücklichen Frauen Walzer. Der Kaffee wurde auf dem Tischtuch des runden Tisches kalt. Manchmal ärgerte sich eine der jungen Frauen, man musste sie auf das Bett des benachbarten Zimmers bringen und mit ihr schlafen, um sie zu beruhigen, sie kam zurück und weinte auf einem Sessel. Das volkstümliche Bild (sic) stellt ein Loch in der Wand dar und man sieht einen Korridor des Justizpalastes, einen dunklen Korridor, in dem ein gleichgültiger Wächter der Gemeinde vor sich hindöst.

Genießt folgenden Ausspruch:

Die Zähne von Léonie sind weniger weiß als das Segel des Piratenschiffs, ihr Bauch weniger glatt, als an jenem Tag der Atlantik war.

So sanft! So sanft war der Wind in der Takelage, dass man gesagt hätte, der Klang einer Flöte. So sanft, so sanft war der Gesang der Matrosen, dass man ihn als Klage der Wellen hätte bezeichnen können.

»Monsieur«, sagte der Kapitän zu einem Passagier, »wir haben alle Brillen, die Deutschland exportierte, und alle Anschläge gegen die Zügellosigkeit in den Straßen hervorgeholt!«

Er zog aus seiner Tasche eine Handvoll von goldenen Brillengestellen heraus.

»Und Sie haben vielleicht Gewissensbisse?«, fragte der Passagier.

Der Kapitän zeigte auf die Jungfrau Maria, die am Heck des Piratenschiffs in Holz geschnitzt angebracht war.

Die blaue Flagge verdeckt die schwarze Flagge.

ZWEITER TEIL

DER HIMMEL

KAPITEL I

INS KLOSTER! INS KLOSTER!

Es war drei Uhr morgens; Victor kam mit im Regen gesenktem Kopf von den Zügen zurück. An der Ecke des Boulevard Voltaire und der Rue Sedaine, vor der Rue Sedaine, hörte er neben dem Postamt eine Stimme.

»Geh nach Hause, im Korridor ist Licht, obwohl Mitternacht vorbei ist!«

Die Straße war menschenleer. Nun, im Haus, in dem Victor Möbel stehen hatte, sah Victor den Flur erhellt von Kerzen.

MATOREL

Madame Concierge, Madame Concierge, sagen Sie mir, warum Sie Kerzen anzünden?

DIE CONCIERGE

Im Haus liegt ein Toter, wegen des Wechsels der Jahreszeit.

Man führte Victor in ein Zimmer in der ersten Etage, in dem ein geschmückter Leichnam der Vergrößerung einer Fotografie glich; das musste ein städtischer Beamter in Zivil sein, aber nichts besagte es als sein Gesicht.

DIE WITWE

Mein Gott, der im Himmel ist, o Jesus, o Maria, wer wird in dem großen Bett bei mir schlafen?

MATOREL

Frau Witwe, keine unnützen Worte, kann ich Ihnen behilflich sein?

DIE WITWE

Es ist wirklich notwendig, meinen Cousin aus Pantin zu holen, damit er morgen den Verblichenen küsst.

Der folgende Tag war der Ruhetag für Victor. Er brach um sechs Uhr morgens im Regen auf, und ging außerhalb der Stadtmauer unter Platanen entlang. Er klopfte an die Tür eines einzeln stehenden Hauses.

MATOREL

Tok! Tok! Blinder, der du am Morgen schläfst. Wach doch auf Blinder, der du nahe an der Straße schläfst.

DER BLINDE

Ich bin nicht von Geburt an blind.
Ich war Angestellter und habe Kenntnisse.
Wer ist da?

MATOREL

Ihr Cousin ist tot!

DER BLINDE

Meine Frau hat nicht das Essen für die Tiere gerichtet.

Ah! Welches Unglück! Sie wecken einen Mann, der schläft!

Ich muss zuerst essen! Wo sind die Koteletts?

MATOREL

Pflücken wir, wenn Sie wollen, die Früchte des Feldes.

DER BLINDE

Wir werden in Paris zu Mittag essen. Holen Sie einen Regenschirm.

MATOREL

Oh! Die Sonne! Die vierstrahlige Sonne!

DER BLINDE

Ziegel fallen herunter! An der Straße standen aber keine Häuser!

Stellen wir uns beim Bistro der Stadtmauer unter.

Kennen Sie nicht die Negerin vom Krankenhaus?

MATOREL

Ich habe Angst! Wir werden sie morgen besuchen.

Ich werde Sie an der Hand führen!

DER BLINDE

Sie sind gütig, Monsieur, ich fühle, dass ich Sie liebe.

MATOREL

Blinder, ich liebe Sie, und liebe mich selbst.

DER BLINDE

Sie sind sehr naiv, Monsieur! Ich bin Abiturient und ich habe meinen Militärdienst abgeleistet.

MATOREL

Was trinken wir? Ich werde Ihnen unterwegs Geschichten erzählen; versuchen Sie, sie zu begreifen, denn ich bin verrückt außerhalb meines Zugdienstes.

DER BLINDE

Ah! Mein Gott! Die Straßenbahn! Die Straßenbahn! Verpassen wir nicht die Straßenbahn! Und ich, der zum Friseur in der Rue de Flandre gehen wollte!

MATOREL

Passen Sie auf! Monsieur! Sie werden überfahren werden!

Acht Tage später näherte sich Matorel um die Mittagessenszeit in der Rue Sedaine einem Menschenauflauf. Er erkundigte sich nach der Ursache des Geredes: anscheinend suchte eine blinde Bettlerin nach einem Postamt. Matorel bot ihr an, sie zu führen: zwei Mal konnte er nicht verhindern, dass sie sich an den Bäumen des Boulevards stieß, weil der Regen ihn selbst blind machte. Die blinde Frau dankte ihm und wollte nicht die zwei Sous annehmen, die Matorel ihr anbot.

»Denke an die Negerin, sie wird niederkommen«, sagte die blinde Frau.

Und Matorel kam nach Hause und war an der Grippe erkrankt.

Am ersten Tage seiner Grippeerkrankung sagte die Concierge, die sich um ihn kümmerte, zu ihm:

»Im Haus war eine Schwarze. Sie war seit einem Monat im Krankenhaus: sie hat Zwillinge geboren; der eine ist tot, der andere lebt.«

Am zweiten Tag seiner Krankheit hatte Matorel zwei Visionen, die sich durch ihre Kraft unterschieden von den gewöhnlichen Visionen des Wahnsinns: die erste bestand darin, dass er selbst eine Bettlerin mit gelockten Haaren und Augen, die wie Kohle glänzten, war, die sich um eine Statue aus weißem Marmor drehte; die zweite Vision bestand aus sechs Mönchen, die ihm glichen und die seinen Leichnam wegtrugen; gleichzeitig entstand ein großer Lärm in dem Zimmer; die Wolken vernebelten die Decke, roter Donner brach aus den Wolken hervor; eine Frau in weißem Kleid, die eine Schlange zähmte, erschien, und tausend Stimmen, die Matorel den Dämonen und den Engeln zuschrieb, sprachen abwechselnd.

DER ENGEL

Strecke dich auf deinem Bett aus und bete.

MATOREL

Ich lag auf dem Bett, als ich Wolken sah und Donner hörte; die Sonne war rot, der obere Teil der Wolken war weiß und sphärisch.

DER ENGEL

Du hast Gott gesehen!

MATOREL

Ich habe nicht aufgehört zu weinen! Weinen! Oh! Welch eine Freude.

DER ENGEL

Schweig! Du wirst nicht umsonst den Namen Gottes aussprechen.

MATOREL

Sagen Sie mir, wo liegt die Wahrheit: ich schwöre, dass ich mich ihrem Gesetz beugen werde.

EIN DÄMON

Du bist ein Heiliger, ach! ach! ach! ach!

MATOREL

Mein Gott! Oh! Welche Nachricht! Ich weine darüber! Ich werde versuchen, es zu werden.

DER ENGEL

Das Böse ist verschwunden, die Intelligenz ist eins!

MATOREL

Man muss wissen, was die Intelligenz ist.

DER ENGEL

Schweig.

MATOREL

Ich habe alle Rechte: alles ist Dummheit.

DER ENGEL

Du musst das Wasser entfernen, das du im Geist hast; dieses Wasser ist das Böse.

MATOREL

Du weißt nicht, wie viel Gutes du mir tust, Geist!

DER ENGEL

Wir handeln nur in Massen, alles liegt im Funken.

MATOREL

Aber dann? … Man hat das Recht … Das Recht, man selbst zu sein?

DER ENGEL

Schweig. Gib allem eine Bedeutung, respektiere alles und lasse dich respektieren. Schweigen und Respekt!

Alles ist eine Form von Dummheit: absolut alles. Das ist die einzige Religion, die einzige Weisheit; du hast alle Rechte und du bist fromm und intelligent.

MATOREL

Und wenn ich vor Kummer sterbe?

DER ENGEL

Das interessiert mich nicht.

MATOREL

Ich bin schüchtern wie eine Fliege, und du verabscheust die Torheit.

DER ENGEL

Alles ist erlaubt.

MATOREL

Du verabscheust die Torheit in allen ihren Formen.

DER ENGEL

Die Dummheit, das ist die Materie.

MATOREL

Ich verstehe! Ah! Ich verstehe! Oh! Die Tiere, die Tiere! Ich war mein ganzes Leben lang ein Tier.

DER ENGEL

Misstraue der Dummheit.

MATOREL

Ich schwöre, dass ich immer sehr religiös und sehr intelligent sein werde, so weit wie mir Gott die Kraft dazu gibt.

DER ENGEL

Alles wendet sich zum Besten! Aber welche Mühe er uns bereitet hat, und das seit so vielen Jahren!

MATOREL

Oh! Die Formen der Dummheit! Man ist verblüfft darüber!

DER ENGEL

Er ahnt nicht, was er soeben gesagt hat. Man wird sich daran erinnern.

MATOREL

Ich danke Gott, der universalen Intelligenz, auf Knien; ich bekenne weinend seine Schönheit, seine Einheit.

DER ENGEL

Die Religion und die Weisheit reichen sich die Hand.

MATOREL

Bin ich wie die Menschen, von denen man sagt, dass sie vertraute Dämonen haben?

DER ENGEL

Du bist wie sie. Misstraue der Dummheit.

MATOREL

Ich werde mein ganzes Leben lang auf die Engel hören. Mein Leben wird nur ein Gebet sein.

KAPITEL II

DER BALL DER GEISTER. ALLE GEISTER

Krim! Krim! Krim!

Wir gehen zum Ball! Es gibt hier einen Ball in einem Gehirn! Kommt alle! Schließen wir den Kreis! Krem! Krem! Krem! Krom! Krom! Krom! Krum! Krum! Krum! Krim! Hörst du nicht das Halali? Hörst du nicht das Horn dort hinten im Wald?

MATOREL

Sprecht, Intelligenz des Absoluten.

DER ENGEL

Nun bist du geschmückt, um Gott zu empfangen.

DER DÄMON VON MARS

Ich bin in roten Samt gekleidet, meine Schnauze sieht aus wie die eines Stachelschweins, ich habe Fischzähne, Schweinsaugen, einen Kuhschwanz aus rotem Samt und eine Krücke.

VENUS

Ah! Er findet uns nicht poetisch genug! Nun, alles wird sich ohne uns abspielen, selbst beim Dienst bei der Bahn, alles wird verfehlt sein!

ARIEL

Du wirst mit uns lachen über die unwahrscheinliche Schwerfälligkeit der Menschen.

VENUS

Oh, Wonne! Oh, Hälse! Oh, Tauben! Oh, Brüste! Oh! welch eine Runde! Oh! Wie wir dich lieben, plumper Bauer des Mondes! … Feinheit der Feinheiten! Denkst du, dass das das Geheimnis des Glücks ist? Warst du jemals etwas anderes als ein gewöhnliches Hänschen?

MATOREL

Ich sehe einen schwarzen Ofen mit einem milchfarbenen Rost. Was soll dieses Signal bedeuten?

DER DÄMON VON VENUS

Ah! Die gute Überraschung! Und dass ich dich schone
  Erstens bin ich nicht die Putzfrau,
  Und ich habe als Erbteil
  Zwanzig Millionen und zwanzig Jahre, das ist mein Alter.

DER DÄMON VON SATURN

Verlasse die Welt des Handels und der Sodomie.

DER DÄMON VON VENUS

Oh! Zierde der Zierden! Ah! Wie sehr wir dich lieben! Kennst du die echten Wäldchen? Die rosigen Seen! Die türkisfarbenen Vögel?

DER DÄMON VON SATURN

Kennst du? … das Land? … wo der Orangenbaum blüht? Das ich kenne … Dein Name … des Namens. Sage … oh, Guitry … dass … dass … dass … wie sie es machen, machen, machen, die kleinen Marionetten, wie sie drei kleine Drehungen machen, machen, machen und … und … usf.

VENUS

Bleibe bei mir, meine Liebe pur,
Denn alles ist nichts als Literatur.

SATURN

Lausche … Leihe meinen Stimmen dein Ohr, sie sind wie die Fäden, Fäden, Fäden, Fäden und wie die Massen, Massen, Massen.

DER DÄMON VON SATURN

Sie sind, sind, sind wie ein Seil, Seil, Seil
Sie sind, sind, sind wie Violinsaiten.
Krim, Krim, Krim, Krim, Krim,
Krim, Krim, Krim, Krim, Krim, Krim, Krim, Krim,
Krom, Krom, Krom, Krom, Krom, Krom,
Krom, Krom, Krom, Krom, Krom, Krom.

VENUS

Der Geist ist noch klein unter den Bäumen. Geh von hier weg, um zu wachsen.

MATOREL

Sollte ich meine Fehler stehen lassen, meine Schulden, ohne sie wiedergutzumachen, meine Freunde, ohne zu bekennen! Ich war so schlecht, so schlecht!

SATURN

Oh! Der Unvorsichtige.

MEHRERE DÄMONEN

Coin! Coin! Coin! Coin! Coin! Coin! Coin! Coin! Coin! Coin!

MATOREL

Die bösen Dämonen!

Die feinen Engel singen Myriaden von blauen Dingen.

DER ENGEL DES GEHÖRS

Sei ernst! Du hast hier das Geheimnis der kleinen Musiker!

EIN DÄMON

Pe … Pe … Pe … erstes Prinzip. Pe pe … primo … das Wahre, das Schöne, das Gute, wir kennen gut Victor Cousin … Ihre Majestät trägt unelegante Hosen …

Die ei… ei… ei…trige Majestät sü…sündigt im Fischteich … oh, feiner und delikater Matorel.

EIN DÄMON VON VENUS

Komm mit uns Kleiner,
   Komm mit uns …

MATOREL

Das ist aus der »Vivandière« von Godard.

VENUS

Jehovah! Kunstwerke … reizende Kunstwerke.

MATOREL

Sie sind mir egal.

SATURN UND SEINE DÄMONEN

sprechen wütend gleichzeitig.

Erklärung der Kuppel, des Nestes mit Eiern, gotischen Säulen, des Lebens von Jesus Christus, der ist, der nicht ist, der ist, der kein Symbol ist, der ist, der nicht ist, der ist, der kein exemplarisches Leben ist. Erklärung der Monstranz, des Auges Gottes, das das rechte Auge ist, der Zelle des Tiers, die die Form eines Augapfels hat, des allgemeinen Rhythmus der Körper, den man ändern kann, um sein Leben zu ändern, der klassischen Kunst, der Vereinigung des Göttlichen mit der Materie, usf., usf.

Matorel sah eine große blaue Lade und Gold mit folgenden Worten: »Profitiere, um zu verjagen … gib aus, um zu verjagen.«

MATOREL

Das muss der Dämon des Hochmuts sein.

VENUS

Wasch dir die Füße.

MATOREL

Ich verstehe nicht, warum man von mir verlangt, dass ich mir die Füße wasche.

VENUS

Damit ich sie küsse.

SATURN

Verstehe, dass die Füße dem Mund entsprechen, weil der Mund Merkur ist, weil das Wort doppelt ist wie das Sternbild der Fische, das die Füße bedeutet, d. h. …

MATOREL

Gnade! Gnade! Ich will dich lieben, Venus! Mein Gott, befreit mich von dem Räsonieren von Saturn, ich brauche nicht zu verstehen, ich werde aus Liebe wissen.

SATURN

Achtung! Jetzt kommt die Dummheit schon zurück.

MATOREL

Ich bin gewarnt, danke! Venus, hilf mir, Gott auf einfache Weise zu lieben. Mein Gott! Sieh mich an, ich werfe mich mit Liebe vor dir nieder.

DIE DÄMONEN VON SATURN

Reine Engel, strahlende Engel
Tragt seine Seele in den Schoß der Himmel!

Ich werde dir … be…be…weisen, dass du beträchtlich nachlässt.

Du bist davon bei bei Gougougougougounod … unser Hautgout.

MATOREL

Ah! Schlafen! Schlafen! Lasst mich schlafen! Ich möchte ein bisschen schlafen … Ich bin krank von all dem. Man weint schließlich darüber, und Sie wissen gut, dass man nicht weinen soll.

DER DÄMON ZAZEL

Ah! Er bildet sich ein, er wird nun schlafen!

MATOREL

Ich bin nicht das, was ihr glaubt! Lasst mich schlafen. Ich bin nur ein armer Angestellter bei der Metro! Ich will schlafen.

DIE DÄMONEN VON VENUS

Piou … Piou … Piou … wir sind der silberne Nebel, der unsichtbare und duftende Flitter.

MATOREL

Ich bitte dich darum, Venus! Lass mich eine Stunde schlafen. Danach werden wir weitersehen! …

SATURN

Hast du jemals an die Frage der Türen gedacht, die Handgelenke sind Türen, die Knöchel sind Türen … die Taille ist eine Tür. Lerne Hebräisch.

GOTT

Göttliches! Materie! Bundeslade.

DIE DÄMONEN VON VENUS

Oh, Vorbeiziehen der Taube! Oh, der Stern hat sieben rosige Söhne. Wenn du hier eintreten willst, schlafe mit der Frau deines Freundes Émile Cordier.

MATOREL

Oh!

DIE DÄMONEN VON VENUS

Schlafe mit Mademoiselle Berthe.

KAPITEL III

TRIUMPH VON SATAN

Als Matorel dem Grippefieber entronnen war, glaubte er, dass er von den Halluzinationen, die sein Leben in Unordnung gebracht hatten, geheilt sei. Er musste sich aber leider der offensichtlichen Tatsache stellen, dass die Dämonen ihn verfolgten. Wir entnehmen den Papieren von Bruder Manassé, gestorben im Kloster der Heiligen Theresa von Avila in Barcelona, die folgenden Seiten:

SZENE PLATZ DER REPUBLIK
VOR DER CASERNE LOBAU

Tage voll schrecklicher Versuchungen für einen ehemaligen Sodomiten.

SATURN

Schreib das nicht nieder; du bist Sieger, wo andere besiegt wären.

MATOREL

Soll ich nicht das verkünden, was die Wahrheit ist?

SATURN

Erkläre dich Gott.

MATOREL

Saturn, entzweie mich mit den Dämonen von Venus.

ZAZEL, DÄMON VON SATURN

Gebt mir bitte mein Schwein zurück, bitte, geben Sie es mir zurück.

MARS

Durch die Form des Ambosses! Durch die Schmiede und den Hammer, durch die unbezähmbare Wildheit, dreihundertzwanzig, hé!

Barbazel und seine Rotte brüllen die Polonaise von Chopin, »Aufruf zu den Waffen«, in die Hörner, bis sie mich verrückt machen. Place de la République, ätzende Erscheinung des Roten Gottes; Wolken ziehen vorbei, jeder Glückliche hielt sich in seiner Schale auf, unbeweglich und fähig zu fassen; sie sehen mich starr an, mich, rot, über dem in Brand geratenen Platz der Volksversammlung auf meinem Mittelweg. Die Musik fährt danach in meinem Kopf zum Ruhme Gottes fort.

Die Musik der Wache der Republik kommt aus der Caserne Lobau, obwohl es Nacht ist.

Saturn unterwirft sich Mars in der Gestalt eines reptilienartigen schwarzen Hundes, der an einem Weinhändler vorbeistreicht.

Ein Soldat stößt mich an, der meinen saturnischen Überrock zerreißt, denn ich bin nicht in Uniform.

DIE DÄMONEN VON SATURN *hinter den Hausdächern*

Reine Engel, strahlende Engel,
Tragt seine Suche in den Schoß der Himmel.

MATOREL

Die Straßenlaternen sind Sterne, und Mars befindet sich in meinen entzückten Augen.

SZENE VOR EINEM GROSSEN HAUS BEIM PARC MONCEAU
(Auszug aus den Schriften des Bruders Manassé gestorben in Barcelona)

SATAN *ins Ohr von Matorel*

Oh, Begeisterung des menschlichen Gehirns! Oh, Stern von Myriaden von Metern! Oh, weißes und blaues Auge eines Arztes! Er trägt einen weißen Überrock, sagen wir einen braunen! Das Ganze in Form von Lotusfrüchten! Es gibt nichts Schwierigeres als das, ein Mensch zu sein!

MATOREL

Die Routine ist ein anderes Universum!

SATAN

Beherrsche also die Begeisterung deines menschlichen Gehirns!

Warum bist du auf der Suche? Was suchst du? Wo suchst du? Gott? Ach! ach! ach! ach! Die Wahrheit! Sie ist ein Spinnweb! Schau nach dieser Seite! Du siehst den Dieb im christlichen Genre, der auf lächerliche Weise ans Kreuz genagelt ist, du siehst die blutigen Seile! Noch ein Seil! Noch eins! Aber schnürt doch fester! Das Seil ist locker! Der Riemen pfeift! Noch mehr! Aber schnürt fester! Nun! Dieser Schächer! Was ist das? Das bist du! Du siehst diesen weißen Frosch mit einem Heiligenschein, er bewegt sich, der Frosch. Ah! Das ist amüsant! Die Beine! Die Beine! Da haben wir's! Der Frosch ist ein Schneemann! Ganz rund wie du! Der Mond! Oh! Das bist du! Ich sage dir, das bist du! Ich sage dir, das bist du!

MATOREL

Mein Gott! Mein Gott! Was sagt er da! Ich schwöre bei diesen vornehmen Häusern, diesen Bäumen, ein in jeder Hinsicht sehr guter Kerl zu sein!

SATAN

Er hat sehr glaubhaft geschworen, meiner Treu! Meiner Treu! Deiner Treu! Seiner Treu! Seiner Treu! Ach! ach! ach! Ein sehr ordentlicher Kerl. Was ist ein sehr ordentlicher Kerl! Das ist ein nicht übler Kerl, und ein nicht übler Kerl ist ein sehr übler Kerl.

MATOREL

Mein Gott, Mama! Oh weh! Oh weh! Ich habe euch manchmal belogen, oh, meine Freunde! Feigheiten! Feigheiten! Und euch teure Eltern. Oh! Léonie!

SATAN

Gebt ihm seinen Heiligenschein zurück. Je nun! Zum Teufel mit dir, Heiligenscheinhändler! Der Donner ist in ihm wie in einer Zisterne eingeschlossen, er spricht von zinkweißem Heiligenschein! Nun, gehen Sie, junger Freund! Das Freihandelshaus ist dein! Achtung! Nun gilt es, die Fäuste zu ballen und zu schweigen. Es ist nötig zu schweig-g-g-en und zu schweigen und beide Hände zu Fäusten zu ballen.

MATOREL

Oh! Venus, immer noch deine regenbogenfarbenen Körbe! Zuneigung! Süße Liebe! Erinnere dich an unsere einsamen Nächte, als deine brennenden Zeichen auf der Haut der Schlange an der Decke erschienen. Mache mir deine Zeichen, Venus!

SATURN *in einer Statue des Parks*

Sei vorsichtig! Diskutiere weniger! Reinige dich! Du machst mir Angst!

MATOREL

Ah! Sie sind auch zu vorsichtig, Saturn, und nicht rein genug. Sie wissen, dass ich die Absicht habe, Monsieur Cheiret die Geschichte des auf der Foire du Trône gestohlenen Portemonnaies zu gestehen, die Geschichte des Koffers und alle meine Gemeinheiten, um zu bereuen.

VENUS *lachend zu* SATURN

Saturn! Kinderfresser, was sagst du über diesen Saturn da?

SATURN

Ich weiß, was er nicht weiß. Er soll vorsichtig sein.

SATAN

Sei stark, er ist sehr stark! Heuchlerin! Jungfrau und Märtyrer wollte diesen Damen und Herren vorschlagen, sich mit abgeschnittener Faust lebend in einem Grab einzuschließen. Man geht nicht dorthin mit abgeschnittener Hand in seinem lächerlichen Verstand. Die Reue parodieren vor einer Familie von Gelehrten und Kirchenpatronen, um vielleicht zu Geld zu kommen! Du bist so boshaft wie sie, meine Alte. Nun, halte mir den Löffel aus Haut nur fest. Er ist nicht schlecht, der Kleine mit dem Heiligenschein … ganz entschieden nicht schlecht … nicht schlecht … nicht schlecht …

MATOREL

Oh! Dann! Wenn man das denkt! Ich werde nicht gehen! Aber du, mein Gott! Ich bitte dich darum, flöße mir die wahre Reue ein, denn ich bin krank von meinen Vergehen.

MARS

Dein Blut!

MATOREL

Ich würde gerne mein Blut geben!

SATAN

Im Glücksspiel! Wird geben … wird nicht geben … Oh! Großer Seringapatam, der Ihr seid. Legen Sie den Heiligenschein wie eine Hostie auf den roten Teppich des vornehmen Hauses, und diese Sprache gehört Ihnen, Tor! Dann werden Sie Ihre Wiedergutmachung aus Ihren Geldschränken bezahlen.

MATOREL

Es ist schlecht, mich in Versuchung zu führen, Satan! Ich bin schon so krank! Meine linke Seite wird von der rechten überfallen und die rechte dringt mir links ein.

VENUS

Das vergoldete Kind, das in die Hände der trauernden Frauen herabsteigt, der weiße Frosch, der die Beine bewegt, der Schneemann …

SATURN

Das ist nur ein acht Tage altes Kind.

SATAN

Nimm deine Venus und mache Wurst aus ihr. Zerschneide die Sonne zu Salat. Was Hismael, Barbazel und Taphtartarhat betrifft, so serviere sie heiß, das ist aufregender.

MATOREL

Aber ich will mir selbst absterben. Oh! Gott, liebe mich, sieh das Gezücht an, das ich bin.

SERAPHISCHE CHÖRE

Die Dämonen winden sich vor Lachen, Matorel vor Kummer. Der Heilige Petrus gibt ihm einen Stab, Satan zuckt mit den Schultern. Das große Haus ist fahl zwischen den Bäumen, zeigt aber einen Heiligenschein auf dem Teppich, und Matorel ist in Tränen gebadet.

DER HUF DES KUTSCHPFERDES

Sei demütig, schüchtern, schweigsam.

SATURN

Ah! Die schwarze Mütze der Kinder des Mondes.

DER BESTIRNTE KOPF DES KUTSCHERGAULS

Die edelste Eroberung, die der Mensch jemals gemacht hat, ist die dieses stolzen und feurigen Tieres, das mit ihm die Strapazen des Krieges und den Ruhm der Kämpfe teilt.

LETZTER AUSZUG AUS DEN PAPIEREN DES BRUDERS MANASSÉ

Anmerkung: Matorel bewohnte in der Rue Sedaine unten in einem Hof ein Erdgeschoss mit gelben Fensterläden, als er Folgendes niederschrieb:

Hinten im dritten Hof sind die Fenster des Raums hinter dem Laden gelb gestrichen. Das ist mein Gelass! Das ist mein Bereich, dort logiert mein widerspenstiger Geist, dort schreibe ich dieses Fragment! Ausgestreckt auf meinem Bett, dessen Matratze armselig ist wie meine Meditation.

»Wer klopft diesen Morgen an mein Fenster? Wer klopft an die Tür? Wer klopft mit dem Finger an die Fensterscheibe?«

»Öffnen Sie die Türe! Lassen Sie das Licht eindringen.«

»Warten Sie! Ich bitte Sie, ich muss mich erst anziehen.«

»Ziehen Sie sich nicht an, öffnen Sie die Türe.«

»Mein Gott! Mein Gott, wer sind Sie? Oh, armer Mann!«

»Sieh mein in Blut gebadetes Antlitz, sieh mein von Tränen überströmtes Gesicht, Wüstling. Erkennst du dieses Gewand?«

»Wie! Seid Ihr es! Du bist es, Herr Jesus Christus.«

»Ich will hier eintreten, um auszuruhen.«

»Tretet ein, mein hoher Herr in dieses dunkle Zimmer! Aber wie bringen wir das Kreuz hier herein, denn wir können es nicht im Hof lassen.«

»Es wird durch das Fenster hereingebracht werden. Reich mir die Hand.«

»Oh! Herr, Ihr habt kalte Hände! Und dennoch seid Ihr schweißgebadet.«

»Sieh mein Kreuz an! Sie wissen nicht, warum es die Form eines T hat …«

»Welche Ehre, oh, Sohn Gottes! Für mein Haus, für mein Zimmer, für mich, Sohn Gottes!«

»Verstehe, dass das T zwei mal vier plus eins ist: Vernunft und Wille. Ah! Du verstehst nicht? Und ich bin müde!«

»Mein hoher Herr, tretet näher ans Feuer: es ist sehr kalt. Danke, dass Ihr gekommen seid. Ihr seid der Pfad der Wahrheit für die Weisen.«

KAPITEL IV

DIE BEKEHRUNG VON ÉMILE CORDIER

Eine Demoiselle Millancourt aus der Rue des Archives schrieb an Cordier Liebesbriefe; es war die Nichte von Millancourt aus Moulins und die Enkelin von Madame Schneider. Der ehemalige Lakai der Schneiders wurde mit Demoiselle Millancourt ohne kirchliche Trauung und Zeremonie verheiratet. Drei Tage nach der Eheschließung sagte Émile mit zärtlicher Stimme dem Dienstmädchen Grobheiten. Hortense Millancourt, die einem weißen und grünen Komma glich und immer im Unterrock herumlief, empfing Matorel zum Abendessen. Die Wohnung glich einem Schachbrett aus sechs Zimmern, mit denen ein Oger gespielt hat. Die Möbelhändler hatten sich bei Dufayel ausstatten lassen. Cordier schien nicht bei sich zu Hause zu sein: er mochte nur Mahagoni! Aber diese Ehe ist so unecht und wird so kurz nur halten.

»Victor kommt zu spät? Bei ihm ist das seltsam … Deine Fleischbrühe scheint zu stark und zu heiß zu sein, Kleine. Küss mich, Mädchen … Was ist wohl mit ihm passiert, dem Kleinen. Bringt mir meinen Überzieher. Sage deinem Dienstmädchen, dass sie meinen

Überzieher nehmen soll, wenn ich zurückkomme. Ah! Diese Wohnung! Diese Wohnung! Sie ist lächerlich! Ich werde niemals darin leben können! Sie ist grotesk! Guten Abend Victor! Wie du dich verändert hast! Du bist blass! Deine Haare wachsen wieder! Bei meiner Ehre, seine Füße sind kleiner geworden. Victor! Victor! Du machst mir Angst! Was ist mit dir los?«

»Die Wahrheit! Die Wahrheit! Émile! Mein Freund Émile! Wir leben alle wie die Toten! Wir sind lebend Tote.«

»Oh? Monsieur spricht von den Toten!«, sagte das Dienstmädchen. »Ich, ich habe heute Morgen meine Großmutter verloren; ich weine darüber.«

»Er ist verrückt, dein Freund«, sagte die Jungverheiratete ziemlich laut.

»Madame, Madame! Beleidigen Sie die Wahrheit nicht. Wir sind alle in einer Droschke, die nachts geschlossen ist«, sagte Victor, »glücklich ist derjenige, der die Laterne sieht, glücklich derjenige, der den Straßenrand sieht, glücklich derjenige, der über das Wissen der Wissenden verfügt. Es gibt nur ein Wissen, die Weisheit, und die Weisheit liegt in Gott: der, der nicht voller Gottesfurcht ist, ist nicht weise.«

»Émile, biete deinem Freund etwas Suppe an; er muss wieder zu sich kommen«, sagte Madame mit einem boshaften Lächeln.

»Diese Brühe ist zu stark und zu heiß«, sagte Victor.

»Man muss ihn küssen, diesen Menschen«, sagte Cordier, nur mit Mühe eine Emotion verbergend, die ihn selbst erstaunte. »Erzähle uns, was dir passiert ist, ich bin erstaunt.«

»Ich habe mein ganzes Leben lang gelogen! Ich habe gestohlen! Ich habe meine Freunde, meine Eltern, meine Chefs betrogen, aber nun kenne ich Gott und bereue, Émile, ich will ein ehrlicher Mensch sein, ich will die Welt und ihre Versuchungen fliehen!«

»Du bist in diesem Augenblick bewundernswert, Victor!«

»Sie entschuldigen mich, Monsieur, dass ich den Tisch verlasse«, sagte die Ehefrau. »Ich habe Migräne, diese Bouillon ist abscheulich.«

Sie war blass vor Zorn, die zerbrechliche Pariserin: sie weinte auf ihrem Bett, ohne zu wissen, warum sie weinte. Das Dienstmädchen kam, um Victor zuzuhören, ohne dass Émile es bemerkte, auch Victor nicht.

»Höre zu, Émile! Man muss sein eigenes Ich begraben, wir alle haben ein Kind in uns in unserem moralischen Elend, deshalb liegt das göttliche Kind auf Stroh. Die Tiere an der Krippe sind die Zeichen des Zodiak; die Jungfrau ist die Vernunft, die drei Weisen aus dem Morgenland schenken uns Vorhersehung, sind die Mäzene.«

»Nieder mit den Pfaffen! Nieder mit den Pfaffen. Victor, fange nicht mit einer Geschichte wie dieser an. Du weißt, dass ich …«

»Oh, Wahrheit! Wahrheit! So empfängt man dich. Mein Vater selbst spricht nicht anders! Émile, du kennst mich. Du hältst mich nicht für einen Dummkopf: hör mir gut zu! Die Erleuchtung erreicht das Kind unbewusst! Deshalb ist das Kind von einem Heiligenschein umgeben! Anlässlich jedes neuen Todes dringt der Heiligenschein mitten in das Kind vor, bis es aus ihm den Kreuzweg des Menschen und Gottes macht!«

»Wenn du dich auf den wissenschaftlichen Standpunkt stellst, will ich dir gerne zuhören, lieber Victor, aber ich glaube, dass du dein Gehirn mit all diesen Ideen strapazierst, du machst mir Angst, Victor! Du machst mir wirklich Angst!«

Madame Émile Cordier kam im Morgenrock herein, um ihren Mann aufs Haar zu küssen. Victor verkniff sich ein ironisches Lächeln und bemühte sich, für sie zu beten, ohne dass es ihm gelungen wäre. Sie ging hinaus.

»Émile, du solltest an andere Sachen denken als ans Theater und die Frauen. Du bist nicht ehrenhaft.«

»Man ändert sich nicht, mein alter Freund. Was willst du damit sagen? Stelle dich auf den wissenschaftlichen Standpunkt.«

»Das ist sehr schwierig, mein Gehirn ist schwer und der Hals steif. Du musst dir ein neues Leben schaffen. Émile, sei ein Mann. Ist dir die Definition der Worte ›Ecce Homo‹ bekannt? Das bedeutet, dass der Mensch als Kreuzung von Tier und Geist geboren wird, aber dass er durch Einsicht das Tier verjagen und durch den Geist ersetzen kann, weil es keine Leere in den Formen gibt.«

»Ich verstehe nicht, Victor, sind wir nicht Menschen? Ich verstehe nicht.«

»Nun, es gab vielleicht einen wahren Menschen, den Heiligen Johannes, der Gott geworden ist oder dazu bestimmt war, Gott zu sein; für mich sind die Gleichnisse da dunkel, und ich zögere, denn ich bin nur ein Narr. Es gibt vielleicht andere Menschen, die dem Typ Gottes, wie er gelebt wird, gleichen.«

»Du erschreckst mich! Sind für dich die Evangelien eine Lehre?«

»Es sind Morallehren und metaphysische Lehren, die von der östlichen Weisheit stammen, die die Weisheit der Weisheiten ist.«

»Also bist du nicht gläubig?«

»Oh! Mein Gott! Ich nicht gläubig! Ich habe jeden Glaubenseifer. Ich glaube an Gott Vater, der der Wille und die Vernunft ist. Ich glaube an das, was man den Heiligen Geist nennt, der die Eingebung und die Vergöttlichung ist. Ich glaube, dass alle Intelligenz in uns nicht untergeht, ich glaube, dass alles, was Gestalt in uns und außerhalb von uns ist, nicht vergeht. Ich glaube, dass unsere Ewigkeit auf Grund unseres religiösen Lebens besteht.«

»Bist du ganz von allein darauf gekommen?«

»Wir tragen dazu bei, dass vielleicht das Leben der Lichtgeister, die farbig und lebendig sind, fortdauert, wir Menschen!«

»Aber Gott! Denkst du … dass es hinter den Wolken ein Männchen gibt, das mit den Sternen Ball spielt?«

»Alle Formen existieren lebendig auf Grund der Vereinigung des weißen Lichtes mit dem Wassertropfen, der uns den Regenbogen des Bundes schenkte, das ist die Geschichte der symbolischen Sintflut des Gehirns: Acht Personen wurden gerettet, denn die acht bedeutet Gleichgewicht, Intelligenz, Menschheit in reiner Form, und acht rettet vor Dummheit, die die Sintflut des Gehirns ist.«

»Sehr erfindungsreich, kleiner Victor, aber du bekehrst mich zu nichts!«

»Du willst bekehrt werden! Oh, Émile, danke! Wie viel Gutes du mir damit tust! Glaube also, dass Gott alles ist, Gott Vater, und dass der Mensch nur ein intelligentes Tier mit mehr oder weniger geistigen Gaben ist, glaube, dass das Universum von lebendigen Geistern, jeder in seinem Tierkreis bevölkert, ist. Glaube, dass die Menschen alle Gott in sich tragen, dass alle Menschen Söhne Gottes sind, da Gott die Vernunft und der Wille ist, aber dass sie diesen Gott nur durch die Entsagung kennen.«

»Was verstehst du unter Entsagung? Weißt du, dass du mich interessierst, Kleiner?«

»Spricht nicht so mit mir, mein Freund; sprich mit mir, wie ein Freund zu einem Freund spricht; du willst die Wahrheit erkennen; hör mir zu! Der Klang und das Licht sind Zahlen, jede Zahl neigt dazu, größer zu werden, und da haben wir die Materie bis zum Unendlichen und den Dämon. Aber jede Zahl neigt dazu, kleiner zu werden, und da haben wir den Geist.«

»Gott existiert also nicht! Ah! Ah! Das ist eine Zahl.«

»Gott ist eines. Die Geister sind die ersten Einheiten; die Materien, die Trillionen und die Abertrillionen. Aber das ist nichts … Wir müssen lieben! Lieben um zu erkennen, denn es gibt nur die Liebe.«

»Man sollte reiner werden … meine Frau stößt mich ab. Ah! Welch schmutziges Leben!«

»Liebe deine Frau! Ich, ich breche auf! Ich komme, um dir Adieu zu sagen. Ich werde Mönch werden! Klostermönch in einem Kloster. Diene der Erde als ehrbarer Mann, ich will Gott dienen, und Gott ist die Vernunft, und die ewigen Menschen, die Menschen Gottes, sind abgetötet, das ist die Theorie vom Opfer.«

»Du vermischst alles.«

»Die Wahrheit ist eins.«

»Was ist das, das Opfer? Was verstehst du unter Opfer, Victor.«

»Denk nach.«

»Aber ich weiß gar nichts, ich!«

»Glaubst du, dass ich etwas weiß?«

»Du weißt mehr über diese Dinge in jeder Hinsicht.«

»Besuche mich ab morgen in der Rue de Sèvres bei den Lazaristen.«

»Wie ich dich liebe, Victor! Ich verspreche dir, dass ich gut und ehrlich sein werde. Dieser Mensch ist erschreckend. Ich verstehe nichts davon.«

»Stärke dich durch das Gebet.«

Madame Cordier trat mit Likören ein. Sie tranken. Sie warf misstrauische Blicke auf diesen unglücklichen, unschuldigen Mann, und Victor bemühte sich, sie mit glühendem Herzen zu preisen. Auf dem Treppenabsatz sagte er:

»Zahl! Musik! Meine Freunde! Das Leben ist eine Höhle, die Menschen graben einen Pfad in ihre Wände! Weiße Brüstungen aus Bohlen! Arme Wesen, die wir sind! Welch armselige weiße Lichtstrahlen sind unsere Menschengötter! Ah! Meine Freunde, wenn ihr die planetarischen Genien und ihre Königreiche kennen würdet! Aber die Menschen sind verrückt! Verrückt! Verrückt! Ah! Ah! Ah! Ah! Verrückt! Verrückt! Es gibt dennoch zwölf Stunden und drei mal vier macht zwölf. Es gibt vier Wochen und zwölf Monate, und dreißig Tage, die drei Tage sind. Ah! Ah! Ah!«

»Bleibe bei uns Victor, werde nicht Mönch.«

»Damit ich in der Sackgasse bleibe! Auf der steinernen Treppe! Nein! Nein! Ich habe die rote Frau gesehen! Ich habe die Frau aus Blut gesehen! Ich habe die Hüften der wahren Venus gesehen! Ich habe ihre phrygische

Freiheitsmütze gesehen. Hier haben die Bäume keine Blätter! Die Strolche auf den steinernen Stufen auf der Straße haben mir Beleidigungen zugerufen. Ah! Genug! Genug! Genug! Adieu, Émile!«

»Lass ihn doch!«, sagte die Jungvermählte. »Er ist verrückt oder betrunken.«

»Ich werde dich begleiten. Geh zu Bett, Kleine.«

»Die rote Venus, wir kennen von ihr nur die roten Hüften. Ich kenne auch die nackten Schultern und ich werde auch das Antlitz und die Augen der ewigen Jungfrau sehen.«

»Lehre mich zu beten.«

»Man muss zählen, um die Dämonen zu verstehen, dann, wenn man rein ist, muss man auf unschuldige Weise beten wie ein Schauspieler, der genial ist.«

»Zählen?«

»Man muss die Bedeutung der Zahlen kennen. Ich werde sie dir schriftlich geben.«

»Danke, adieu! Ich will lernen, wie man richtig betet.«

KAPITEL V

DIE BEIDEN VENUSGÖTTINNEN UND DIE WEISHEIT

Die ganze Fahrt mit der Eisenbahn begleitete Victor ein weißer Ring, der von einem Kreuz und einer Taube durchschnitten wurde und nur für ihn sichtbar war, er betete.

»Wenn Gott, der Fürst der Welt, Rad des Universums, Vater und Mutter der sieben Geister und achter Geist, wenn der sich mit den anderen vermählt, und folglich Vernunft des Menschen, Vertrauen zu der Liebe hat, die ich ihm entgegenbringe, wird er mich nicht verlassen in dem Augenblick, in dem ich anfange, ihm zu dienen, sondern im Gegenteil, er wird seine Klarheit in meine Gedanken legen, damit ich ihm helfe, seinen Namen bekannt zu machen. Mein Gott, reinigt meine Gedanken und gebt mir das Recht, von euch mit dem Verantwortungsgefühl für mein Heil und das der Menschen zu sprechen!«

Aber die Eisenbahn und der Lärm antworteten Victor: »Das Heil des Menschen liegt im Gebet; belehre nicht die Menschen, sondern schließe deinen Mund und schließe dein Hirn, um dein Herz zu öffnen!«

Es gab eines Tages einen mageren und schlecht rasierten Mönch, der aufrecht auf den beiden Stufen einer Freitreppe meditierte. Das Kloster war das der Heiligen Theresa von Avila in Barcelona, es gehörte zum Orden der Lazaristen. Das ganz neue Klosterdach schützte die schmale Allee eines Gartens voller Rosen. Der Mönch auf den Feldern hatte sich eine Krone aus Dornen geflochten, um, wie er dachte, immer seinen Gott bei sich zu haben. Er nannte sich Bruder Manassé und er hatte seinen Namen Victor Matorel vergessen. Nun, dieser Tag war ein Sonntag, und er hielt die Krone auf seinem Knie, als er eine Stimme, die vom Himmel kam, hörte, die sagte: »Der steinerne Affe ist an der Ecke der Kapelle! Er ist traurig und hochmütig wie du!«

»Ich werde meine Gewissensprüfung machen«, sagte Manassé zu sich, »und man wird wohl sehen …«

Und er machte seine Gewissensprüfung. Und um seine Gewissensprüfung zu machen, nahm er genau die Haltung des Affen im Winkel der Kapelle ein, des gehörnten Affen. Er hatte eine verächtliche und hochmütige Miene, aber er sah sich genau wie den steinernen Affen in größerem Format: »Mein Gott«, sagte er, »lasst die Liebe in mich herabsteigen!« Er betete zu Gott, ihn demütig und gut zu machen. Und als seine Stimme die Worte aussprach, erschien ein reizender kleiner Esel hinten im Garten, und auf dem Esel saß ein niedliches blondes Kind, das den Pfeil mit dem Bogen abschoss. Es schoss einen Pfeil ab auf Manassé, der die Hand auf sein Herz legte, sodass der Pfeil die Hand durchbohrte. Manassé betrachtete den Pfeil mit strenger Miene. »Hölle!«, sagte er zu sich, und er riss den Pfeil mit seiner Hand aus, wobei er sich verletzte.

Dann drang er in dein Kloster ein, oh, Christus! Aber hinter ihm lachte Cupido auf seinem Esel. Cupido lachte:

»Oh, Kronen! Oh, Rosen! Oh, mein blassblaues Gewand! Oh, meine reizenden Gartenblumen!«, sagte Cupido.

Manassé warf einen verächtlichen Blick hinter sich.

»Wie der Garten voller Rosen ist! Welchen Duft die Magnolien haben! Wie fein und durchsichtig der Marmor des Brunnens ist! Es ist die göttliche Liebe, die in meinem Herzen entsteht: dass die göttliche Liebe bis zu mir gelange, da ich sie herbeigerufen habe!« Und er schloss Cupido in die Arme, und er führte ihn ins Haus, sich über ihn neigend, um ihn mit Liebkosungen zu überhäufen, denn er verfügte über Kinderworte, dieser Mönch! Cupido hielt die Hand vor den Mund, um sein spöttisches Lächeln zu verbergen. Bruder Manassé führte den Amor durch die Flure in seine Zelle, aber Cupido war nicht mehr Cupido, sondern er war ein Affe mit langem Rückgrat, und Bruder Manassé stieß einen Schrei aus, der bewirkte, dass der Affe flüchtete. Nun, in seinem Freudenrausch, Amor im Kloster zu haben, hatte der Mönch seine Dornenkrone weggeworfen und, als er Gott gedankt hatte, dass er ihm die Augen geöffnet habe, suchte er sie wieder: »Schaue in die Luft«, sagte eine Stimme, er blickte in die Luft. Und Bruder Manassé glaubte, dass er die Krone, die er mit dem Blut seiner Finger geflochten hatte, auf das Dach geworfen habe in seinem Eifer, Amor zu folgen. Er holte eine Leiter, um auf das Dach zu steigen, das flach war, und stieg auf das Dach. »Schaue in die Luft«, sagte die Stimme; er sah in die Luft. Da sah er seine Krone, die er geflochten hatte, in einer riesigen goldenen

Sonne, es war nicht mehr die Krone, die er geflochten hatte, es war ein wunderbarer Ehering mit einem Diamanten. Bruder Manassé stellte die Leiter unters Dach auf der Terrasse zurück und ging zur Kapelle. Ein Widder mit goldenen Hörnern, mit dickem Fell, den man im Kloster aufzog, trottete vor ihm her und rieb die Hörner an seinen Füßen. Ihm schien, dass die Jungfrau Maria den Mönch und den Widder empfing.

Eines Tages befand er sich am Meeresufer im Gebet, da wanderten ein nackter Mann und eine nackte Frau den Strand entlang. Es waren Merkur und Venus! Sie stiegen auf den Berg, der nah am Meer bei Barcelona ist, und während sie hochstiegen, drehten sie sich um, um ihn zu verspotten: Bruder Manassé betrachtete sie durch ein Opernglas und er bat Gott um Verzeihung, dass er ihn durch dieses Zugeständnis an die Dämonen beleidigte.

Der fromme Bruder Manassé verzichtete auf Nahrung, er wurde blass wie ein anämisches Kind. Eines Tages wurde er neben dem Altar in den Armen einer Frau vom Boden aufgehoben, die zu ihm sagte: »Verstehe!« Er sah diese Frau wieder mit einem Kind, das er selbst war. Diese Frau war weder die Jungfrau Maria noch irgendeine Heilige, und Bruder Manassé verdoppelte seine Kasteiung. Er beschloss, Prior des Klosters zu werden, um den anderen Mönchen die Kasteiung aufzuerlegen, und es gelang ihm. Da wurden alle entkräftet durch das Gebet und die Abstinenz. Sie entrissen ihrem Leben und selbst ihrem Gottesdienst alles, was irgendeinem Luxus glich. Keine Vergoldung bei der Messe! Kein Purpurrot. Sie gestatteten sich nur die Wachskerzen, die um den göttlichen Leib herum brennen. Ihr religiöser

Eifer war so stark, dass der Himmel noch niemals solche Gebete gehört hatte, noch Blicke gesehen hatte, die von einer so reinen Liebe entflammt waren. Und Gott segnete das Kloster, denn an nichts hätte es diesen Männern nach ihrem Wunsch gefehlt. Man hätte ihnen die größten Güter der Erde bringen können, aber sie hatten kein anderes Bedürfnis als zu beten und sie beteten. Keiner verlangte mehr danach, Freunde zu haben, vielmehr fürchteten sie sogar die Blicke, die Begegnung, das Wort, das vom Heiligen Geist trennt. Der Prior fragte sich, ob er sich auf dem Weg der Wahrheit befinde, welcher der der absoluten Tugend ist.

An einem Sonntag, als der Bruder Prior Manassé sich fragte, ob er auf dem Weg der Wahrheit sei, trat der Totengräber des Klosters in die Kapelle ein, er war ein fürchterlicher Mann, halb Bauer, halb Mönch; er diente als Koch und Gärtner, er hatte schwarze Augenbrauen, die beinahe den Mund berührten, und der Mund bog sich zur Nase auf; er hatte eine Art Mönchskappe mit drei Zipfeln um das Gesicht, und seine Manie war, sich die Nase mit der Zunge zu kitzeln. Zufällig kam der Totengräber herein, als Bruder Manassé sich fragte, ob das Verständnis des Kultes nicht bei Gott das Gebet aufwiege. Bruder Manassé, der ein Hasenfuß und abergläubisch war, dachte, dass diese Ankunft des Totengräbers eine Antwort von Gott sei: »Ich muss vor allem an meinen Tod denken und an mein ewiges Heil. Man rettet seine Seele nur durch das Gebet!«

Der Totengräber grinste unter seiner dreispitzigen Mütze. »Man verlangt nach dir an der Kutscherpforte, Bruder Prior. Es ist ein französischer Mönch auf Reisen.«

Da erschien ein gewisser Bruder Matthieu, Émile Cordier. Als Manassé seinen Freund erblickte, fühlte er, wie ihm Tränen der Freude aufstiegen, aber er ließ nichts davon auf seinem Gesicht erscheinen, er bekreuzigte sich und zog sich in seine Zelle zurück.

Auf Geheiß des Priors wurde Bruder Matthieu in den Bereich des Klosters geführt, eine köstliche Mahlzeit wurde ihm aufgetragen, er besichtigte das neue und das alte Kloster, dessen Kapelle ein Meisterwerk der Kunst des 14. Jahrhunderts in Spanien ist. Manassé kam erst aus seiner Zelle heraus, als er glaubte, dass Émile Cordier, als Mönch Bruder Matthieu, sich entfernt habe. Nun, während Bruder Manassé sich aufs Gebet vorbereitete, wozu er viel Zeit brauchte, aß Matthieu behaglich und ohne sich zu kasteien. Kaum war der Prior im Zustand der Gnade, trat Matthieu in die Kapelle ein; er stellte sich mit schrecklicher Miene vor Manassé und sprach. Manassé fand wieder zu seiner lebhaften, freudigen, stammelnden und sich überstürzenden Sprache zurück.

»Victor! Victor! Du bist wie die anderen! Wie die anderen! Warst du es, der mich die Zahlen und das, was du die Gestalten nennst, lehrte? Und den Leib Christi, also Victor? Denn ich weiß nun meinerseits, was du nicht weißt, mein Bruder!«

»Geh fort, ich erkenne dich! Du bist Satan im Mönchsgewand, wie du Satan im Kittel warst.«

»Nein! Nein! Der, der mein Retter war und mein Lehrmeister, wird nun die Stimme der Vernunft hören und den Weg des wahren Glaubens erkennen. Victor, ich bin das geworden, was ich sein musste: ein Weiser, und du, du bestehst nur aus Lüge und Poesie.«

»Das ist falsch! Ach, wie falsch das ist, mein Gott! Und Ihr, Jungfrau Maria, meine Mutter, flößt mir die Worte ein, um ihm zu antworten. Er hat so viel Einfluss auf mich!«

»Nun, keine Dramen! Mein Bruder! Betrachte diesen kleinen Christus aus fein geschnitztem Elfenbein! So muss man den göttlichen Leib anbeten! Man muss ihn anbeten, indem man ihn erklärt.«

»Ich habe schon wie du gedacht, Émile, und ich habe schon Offenbarungen über diesen Punkt gehabt, aber ich glaube, dass unser Heil im Gebet liegt, und ich bin hier nur um meines Heils willen.«

»Hör mir gut zu, Victor …«

»Émile, im Namen der Freundschaft, die wir füreinander hatten, und die in Gott unendlich fortlebt, bitte ich dich, entferne dich vom Kloster, du hast auf immer den Teufel in dir.«

»Wer, ich?«

»Du selbst.«

»Warum soll ich den Teufel in mir haben?«

»Wenn die Gnade über dich gekommen ist, hättest du davon profitieren sollen, um rein zu werden und ein Heiliger zu werden oder zu versuchen, es zu werden; aber ich sehe, dass du dich der Gnade als ein Mittel für deine Intelligenz bedient hast.«

»Oh weh! … wie soll ich mich deiner Meinung nach reinigen?«

»Verzichte auf die Erklärung der Symbole! Wache und bete, denn du bist verdammt. Der, der weiß, ist schuldiger vor Gott als der Unwissende. Das, was ich dich gelehrt habe, macht aus dir einen Zauberer, einen Unglücklichen.«

Matthieu erhob eine Faust gegen den grob in Stein gehauenen Christus der Kapelle.

»Ich werde die himmlische Mechanik und Mathematik studieren, ich werde den Papst aufsuchen, ich werde das Mittel finden, die veralteten Dogmen zu ändern, die der Tod der wahren Religion sind, wie sie auch der Tod der falschen sind. Wisset, mein Bruder, dass die Religion ein Werkzeug in der Hand des Herrn ist. Durch die Religion zerschmettert er das hochmütige Amerika, und durch Gottvergessenheit zerschmettert er die die falsche Religion, die die des Papstes ist. Europa leidet an einem Übel, das sein Heil sein wird.«

»Häresie! Kirchenbann! Oh! Émile, mein Freund! Verzichte auf derartige Schrecknisse. Du betest die falschen Götter an.«

»Ihr seid es, der die falschen Götter anbetet, weil Ihr nicht wisst, was Christus bedeutete.«

»Du sprichst, wie ich einst dachte, als ich Victor Matorel war. Die Schüler sprechen wie ihre Lehrmeister und zermalmen sie gerade mit den Gedanken, die die Lehrmeister als falsch erkannt haben.«

»Es wird im Brief des Heiligen Paulus an die Kolosser im Vers 10 des Kapitels II gesagt: ›Christus, der das Haupt aller Oberherrschaften und Gewalten ist‹, und in Vers 15: ›und er entwaffnete die Oberherrschaften und die Gewalten, und führte sie mutvoll einher, und triumphierte über sie öffentlich durch sich selbst.‹ Man muss studieren, um zu triumphieren.«

»Aber es ist gesagt, Émile: ›Lasset euch von niemand verführen, der sich in Verdemütigung und Engeldienst gefällt, sich versteigend zu dem, was er nicht gesehen hat, und vergebens sich bläht in seinem fleischlichen Sinne.‹ und es wird in demselben Brief gesagt: ›So zieht also nun als Gottes Auserwählte, Heilige und Geliebte, herzliches Erbarmen, Güte, Demut, Sanftheit, Geduld an.‹ Die meine ist zu Ende, mein Bruder. Ich werde zu Gott beten, dass er dich erhelle, dass du die Studien, die dich zur Hölle führen werden, aufgibst.«

»Die Hölle ist die Reinigung, die auf den Tod folgt, die Hölle ist das irdische Leben der Materie nach dem Tod.«

»Der Tod steht uns nahe bevor. Adieu! Bruder Matthieu! Ich werde beten. Wir haben uns zu gut verstanden in unserem früheren Leben, um uns wirklich verstanden zu haben.«

»Du hast mich immer enttäuscht.«

»Du hast mir immer Abscheu eingeflößt, obwohl ich dich beneidet habe. Heute beklage ich dich und beneide dich nicht mehr.«

»All das will nichts heißen! Was ist zu tun? Soll man aufs Studieren der Symbole verzichten, um sich dem Gebet zu widmen.«

»Bitte um Verzeihung. Du weißt genug davon … zu viel … sogar, und beirre nicht die anderen Mönche in ihrem Glauben.«

Die beiden Mönche gingen in der Kapelle umher. Matthieu zeigte Manassé alle Symbole der Kirchenfenster und der Kapitelle, die Tiere, die Pflanzen und er erklärte, welchen Teilen des menschlichen Körpers sie entsprechen, welchen antiken Gottheiten, und warum die Heiden gerettet sind.

»Meine Meinung ist, dass er nicht sehr religiös ist, dieser reisende Bruder«, sagte der Totengräber mit der dreizipfeligen Mütze, als Matthieu aufgebrochen war.

Der Prior machte dem Totengräber ein Zeichen, dass er sich entfernen sollte, und versetzte sich wieder in den Gebetszustand, und er betete mit weniger Eifer, wobei er sich fragte, ob das Studium nicht das Gebet aufwiegt in der großen universalen Mechanik. Nun, Gott hatte Erbarmen mit den Ungewissheiten von Bruder Manassé, er berief ihn in die Schar der Seligen nur wenige Tage nach dem Besuch des diabolischen Matthieu. Der Totengräber beerdigte ihn.

»Meiner Meinung nach«, sagte der Totengräber, »ist es der Mönch mit dem dicken Hals, der unseren Prior getötet hat; aber er wird nicht lange im Fegefeuer schmoren, der heilige Mann!«

»Glücklich sind die Toten, wenn der Herr mit ihnen ist«, sagte der Priester.

Émile Cordier und Victor Manassé sollten sich wiedersehen. Nach einer Zeremonie mit neun Engeln, die um seinen Leichnam flüsterten, nachdem er Satan die Rede, die am Anfang dieser wirklichkeitsgetreuen Erzählung steht, gehalten hatte, sah Victor Matorel auf dem Pferd, das er bestieg, auf der Kruppe seinen Freund Émile Cordier, so wie er war: große Augen, die klein zu sein schienen, vorgeschobener Mund, dicker Hals, schönes Haar.

ENDE DES PROLOGS

DER HIMMEL UND DIE ERDE

Zittert, düstere Reisende! Lasse deine Vorstadtironie fallen, Victor Matorel, und du, Émile Cordier, als Mönch Bruder Matthieu, du, der auch auf das schwarze Pferd steigt, reinige dich doch endlich, elendes menschliches Würmchen! Zittert angesichts des fahlen Himmels, der von langen violetten Streifen durchzogen ist. Am Grund des grauen Trichters, dessen Spitze der Süd-Osten ist, haben wir das gigantische Golgatha! Merkur führte die Mönche, das schwarze Pferd stieg in das helle Grau des Himmels auf und hielt auf einem Berg an. Welch eine sublime und schreckliche Vision: Saturn meditierend am Fuß des Gipfelkreuzes: die Skelette und die Wurzeln aller Wesen, die von den Rinnsalen aus schwarzer Galle umgeben sind! Saturn, den Gebeinen Leben einhauchend, und Christus, der der Ewigen Taube, die sich im irdischen Himmel im Exil befindet, seinen göttlichen Leib darbietet. Ein unendlicher bleierner See badete die Verzweiflung der nackten Felsen, die keine Gipfel hatten. Die Titanen, von denen die beiden Mönche weder den Kopf noch die Füße erblickten, wirbelten Unwetter auf wie Ketten. Ein Rücken höhlte eine Mine aus: die Leber von Prometheus! Merkur sprach in den Wind: er sprach mit dem Rest des Tales den Namen von Kronos aus. Oh, Tag! Oh, Nacht! Hier vermischt. Nebel auf dem ungefähren Fleisch! Profile der Wolken, die über den Ozean des horizontlosen Sees gebeugt waren. Eine Hand zermalmte das Tal, die Ferse eines Riesen erschien in der Ferne.

»Der Himmel von Saturn, der die Erde ist!«, sagte Merkur. Die Hufe des Pferdes befanden sich auf dem höchsten Punkt des ausgetrockneten Plateaus. Plötzlich war man umgeben von Elohim mit hohlen Zügen, dumpfen Stimmen: »Bereut, meine Brüder«, sagten die Elohim. Es waren dreihundertdreiunddreißig: sie wurden vom Erzengel Jophiel, dem Oberhaupt von Sem, angeführt: in den Lüften schwebten Throne um die Muse Polyhymnia. In dieser Region unterhielt die klarste Vesta ein violettes Feuer, an dem sich Juno, Habakuk und der Heilige Matthäus nahe bei ihren Attributen wärmten.

Auf der Kehrseite des bleigrauen Himmels ist die violette Hölle, die die Hölle der Bösartigen ist. Die schlechten Priester werden dort von Löwen verschlungen, die gewissenlosen Werkmeister, den herzlosen Feldwebeln aus der Kaserne werden die Knie durch fahle Teufel angesägt. Das Feuer von Vesta, das die Unschuldigen schützt, kauft diese Verdammten frei. Der Heilige Thomas und der Prophet Nahum beten zu dem Menschen für sie und bitten Gott Vater, der die Vernunft ist, ihnen zu helfen, der Pein zu entkommen.

DER FÜNFTE HIMMEL

Es ist der des Handelns, der des Logos, der des Wortes, der von Jehovah. Samael, dessen Anblick scheußlich ist, schmiedet dort die Worte mit großem Lärm inmitten von Blitzen. Es riecht nach Pfeffer und Schießpulver, nach Schwefel und Ammoniak. Ein glänzendes Licht herrscht in diesen Schmieden, die die Hand von Adonai regiert. Hier ist das trojanische Pferd zu finden. Hier befindet sich das Schiff der Argonauten. Hier fragt Nergal Minerva um Rat. Hier bringt Beelzebub Jupiter Hammon und alle hammonitischen Götter zum Lächeln.

Aber der wahre Herr des Roten Himmels ist der göttliche Dämon Civa, das schrecklichste Werkzeug von Jehovah. Je nach der Zeit verlässt er den Himmel von Saturn, um die albernen Tröpfe zu verschlingen, um im Marshimmel die Mächtigen niederzuschlagen. Er ist auf den Stier Nandi gestiegen, er hat fünf Köpfe! Er hat acht Augen, eine Halskette aus Schädeln, Schlangen an den Armen, und zwischen seinen Zähnen züngeln Flammen hervor.

»Du, Mahomet! Du bist der Weise dieses furchtbaren und reinen Himmels.«

Die beiden Mönche wichen erschreckt zurück, ohne sich zu beklagen.

DER ERSTE HIMMEL

Er ist eine Schale, deren weiße Flamme im Dunkeln ewig Hi, Hi, Hi, Hi wiederholt.

»Es ist Victor Matorel untersagt, in diesen Himmel einzutreten«, sagte Merkur, durch Schatten von zwei Beinen mit Klauen an den Füßen hindurch.

Hier sah sich Matorel endlich, wie er war! Der Kopf eines Pferdes in Andacht! Ein Araberpferd in Andacht! Ein bretonischer Bauer in Tracht in Andacht. Das war seine Seele. Cordier wurde geblendet. Vom ersten Himmel gehen acht farbige Strahlen aus, und der weiße ist zugleich der neunte und der zweite Himmel. Die Liebe als Heiliger Geist und die Liebe als Intelligenz brennen im ersten Himmel. Die Engel steigen unaufhörlich auf und ab zu dem universalen Ordner und fern von ihm.

DER ZWEITE UND DER NEUNTE HIMMEL

Obwohl es Nacht ist, stickt eine sich bewegende Verzierung tausend reine Farben auf den zweiten Himmel: das Bild der vergangenen, gegenwärtigen und zukünftigen Jahrhunderte! All die Figuren! All die Legenden! All die Götter, die die Schlangen und ihre Liebschaften besiegen, Vishnu, seine Verkörperungen und seine Reisen, Osiris und seinen Bruder, Artemis und Endymion, unsere Könige, unsere Zivilisationen, China am Ende der modernen Zeiten, der Mensch, Engel geworden und wieder zum Dämon gewandelt; dann wieder Mensch und dann Engel. Die Kleidung und die Werke änderten sich; der Mensch fand zu sich selbst. Jede reine Form wird von ihrer lebenden Karikatur begleitet.

Unterhalb dieser erhabenen Tapisserie befindet sich eine unendliche Landschaft mit Gebirgen und Sturzbächen, in der in einem nicht wahrnehmbaren Mondlicht sich einige große Musiker und Weise ergehen! Beethoven, Berlioz usf. …, Buddha Shakyamuni, Zephania, Jakobus der Ältere. Die beiden Mönche verstanden nicht, warum Diana bei ihren Jägereien achtundzwanzig Hanswurste und zweiundzwanzig Mönche im Gefolge hat.

DIE ERZÄHLUNG VOM WUNDER

Die Zeiten waren gekommen; der Rote Gott befand sich im Mondhimmel, gekleidet wie es in diesem Himmel angemessen ist, silberne Mondsichel und weißer Bart, und er bat zwei Engel, die das gute neue Wort Gottes nach Paris bringen sollten. Der eine hatte einen Helm aus Silber mit weißen Federn, er maß beinahe zwei Meter, aber war mager wie ein Kind, das zu schnell gewachsen ist; der andere war in erstaunlicher Weise verkleidet; er hatte den Kopf eines gehörnten Ebers. Victor Matorel hatte die Seele eines Apostels: der Eber war sein irdischer Doppelgänger, der Freund Émile Cordier! Sie stiegen von einem Berg mit Felsen und grünem Rasen herab, auf dem die Heiligen vergoldete Villen bewohnen. Der weiße Kreis und die Taube: Liebe und Heiliger Geist! folgten ihnen. In Paris musste man etwas zum Leben haben. Die Segnung des Roten Gottes bringt nicht viel Geld ein, leider! Sie wurden Erdarbeiter. Die Himmel sind gewiss nicht leer, aber die Götter des Himmels sind egoistisch und schrecklich wie die irdischen! Ist es nicht wahr, Dichter, die ihr Gott besungen habt, ohne sein Mitleid zu erlangen. Matorel hat deinen Namen offenbart, du hast ihn bei Barbazel in dessen Schloss verzweifeln lassen. Und ohne Merkur wäre er noch dort! Nicht einmal ein göttlicher

Lohn für die beiden Engel der neuen Zeiten! Die beiden Engel arbeiteten an der Place du Carrousel, als nach der Überschwemmung von 1910 die Metro repariert wurde. Niemand sah die beiden Engel an: die Pariser sind keine Gaffer, sie sind unruhig: Trostlosigkeit! Sie traten ein und kamen daraus hervor. Paris spielte Karten; ein gewisses Spiel, genannt »Manille«, das in der Weltstadt lange in Mode blieb. Eines Nachts war da ein Engel, der so verzweifelt war, dass er Erdarbeiter sei, dass er sich in die Seine warf; sein Kopf schwamm oben im Mondschein auf dem Floß seiner Flügel. Der zweite bemerkte das Verschwinden seines Doppelgängers und rettete ihn. Jemand brachte sie auf den Gedanken, im Freien Reden zu halten. Sie stellten Gauklerbühnen den Magasins du Louvre und dem Rathaus gegenüber auf. Dort wurden sie Gaukler. Der Engel mit dem Helm redete, der andere sammelte die Sous ein, die man von den Bänken aus auf den Tisch der Bühne legte. Der muntere und magere Engel, der sich hatte ertränken wollen, trug keinen Helm mehr, er hatte nun um seinen kleinen, kantigen Kopf gelocktes blondes Haar. Die kurzen Ärmel seines weißen Gewandes wehten. Schließlich legten die Leute viel Geld auf die Gauklerbühne es wurden auch Zweige von grünem Lorbeer daraufgelegt, aber als der Geldbeutel voll war, schüttete der weiße Engel ihn aufs Pflaster für die Kinder.

Und sie wurden wieder arm, die Redner! Wie die Erdarbeiter! Eines Tages alterte der Engel mit dem Helm plötzlich, er bekam einen Bart wie ein alter Heiliger, eine Haut wie ein Ziegenbock, und einen ganzen Winter hindurch betete er auf den Böschungen der Seine zu den Schiffen, die nachts vorbeifuhren, ohne ihn zu hören. Was den anderen betrifft, so weiß ich nicht, was er machte, aber dank seines Einsatzes konnten sie sich in einen Bauernhof auf dem Land zurückziehen.

Nun, zum Unglück war ein Schloss aus Eisen in der Nähe, und in diesem Schloss wohnte ein Dämon namens Barbazel. Er lebte dort mit seiner Frau, seiner Bediensteten und seinen beiden Töchtern. Die Töchter waren Zwerginnen, sie hatten einen oben schmalen Kopf, und die Ohren wie Hörnchen, glänzende Augen; wenn sie mit dem Dienstmädchen auf den Friedhof gingen, zogen sie sich dicke weiße Schleier über. Die Frau hatte einen Rinderkopf mit violetten Rändern um die Augen, Hörner. Ihr Körper war unsichtbar. Barbazel war eine Schlange aus rotem Samt, der in einem Schweinekopf aus rotem Samt endete, er hatte kleine Augen und fünf ungleiche und weiße Zähne. In einer benachbarten Kirche lebte ein schrecklicher italienischer Stiftsherr, der Mirabeau ähnelte. Dieser Stiftsherr hatte Umgang mit den Dämonen und erhielt oft vom Papst persönlich Verweise.

Die Fensterläden des Bauernhofs, in dem die Engel wohnten, waren geschlossen bis auf die des großen Zimmers im Erdgeschoss, die halb geöffnet waren, um Licht eindringen zu lassen. In diesem Bauernhof bekamen sie wieder die Heiligenscheine und die beiden langen Engelsflügel. Nun, eines Nachts, als sie sich auf den Feldern verirrt hatten, klopften sie an eine Pforte und die Pforte öffnete sich von allein: es war das Tor des Schlosses von Barbazel. Die Engel wurden eingesperrt; sie wurden in eine Art Speisekammer gebracht, einen großen, schrägen Zylinder, und Barbazel sah während seiner Mahlzeiten ihren Heiligenschein und ihre Flügel. Er ließ sie langsam verhungern.

Eines Tages bemerkten die Engel, dass die Speisekammer mit dem Gartenteich verbunden war. Sie riefen den Fisch, um ihn um Hilfe zu bitten. Der Fisch sagte zu ihnen, dass er nichts für sie tun könne, außer mit dem Schwan über ihre Lage zu sprechen. Der Schwan wollte gern zu Gott fliegen, aber es war notwendig, dass Gott sich gerade im Mondhimmel befand, denn der Schwan hat nur Zugang zum neunten Himmel, dem des Mondes. Als der Schwan glaubte, dass Gott sich im Reich des Mondes aufhalte, flog er davon und sprach über die Situation der Engel, die er selbst entsandt hatte, er, Gott selbst! Und Gott sagte:

»Mir tut der Fuß weh, sieh mich an, ich habe eine verbundene Ferse. Es gibt scheinbar auf der Erde Heilmittel gegen Fußschmerzen: hole mir ein Heilmittel und ich werde mich um deine Schützlinge kümmern!«

Der Schwan kehrte zum Palast von Barbazel zurück, pflückte im Park Bilsenkraut und pflegte den Herrn, der auf den Wolken ausgestreckt lag. Er hatte einen weißen Bart wie Meissonier oder Rodin und einen Halbmond am Kopf.

Gott sagte:

»Wir werden Luzifer zu Barbazel senden! Ich kann nicht mehr tun! Ich habe am Anfang der Welt ein Bündnis mit den Dämonen geschlossen. Solange die Engel bei Barbazel sind, kann ich nichts für sie tun.«

Luzifer hat eine Rüstung, einen Helm, ein kurzes weißes Gewand. Luzifer erscheint am Tor von Barbazel, und Barbazel entflieht feige mit einer Krücke. Habe ich gesagt, dass er hinkte? Luzifer verfolgt ihn in den Sälen des Schlosses. Sein schreckliches Schwert kommt nicht gegen den roten Samt an. Barbazel dreht sich um und lächelt. Luzifer schlägt ohne Ergebnis auf ihn ein. Und Barbazel zeigt Luzifer eine moderne Pistole und schießt. Da bekommt Luzifer es mit der Angst und bricht vom Schloss auf.

Als Gott diese Neuigkeiten hört, sagt er:

»Man möge mir Merkur rufen!«

Merkur kommt und lässt sich die Details berichten.

»Der Stiftsherr wird die Engel retten, ohne es zu ahnen.«

Und Merkur fliegt zu dem Stiftsherrn und erscheint ihm in Gestalt eines Nuntius des Papstes.

»Bewirken Sie in Ihrer Kirche ein Wunder, dämonischer Stiftsherr! Tun Sie ein Wunder oder Sie werden exkommuniziert werden wegen Ihrer Beziehungen zu dem Dämon!«

Und indem er das sagte, gab er ihm listigerweise ein, sich der gefangenen Engel seines Freundes Barbazel zu bedienen, sie am Sonntag in der Kirche singen zu lassen, gewissermaßen, um seine Kirche rein zu machen.

Der Stiftsherr glaubte, dass er sehr schlau sei:

»Leih mir deine Engel für Sonntagmorgen«, sagte er zu Barbazel, »ich will sie in meiner Kirche singen lassen und werde sie dir dann zurückgeben! Sie werden zum Orgelspiel singen, und man wird das Wunder ausrufen.«

Er dachte, er könne den Papst selbst täuschen, während er selbst von Merkur getäuscht wurde. Am Sonntagmorgen waren alle Gläubigen entzückt von der Stimme der Engel. Aber da schickte Gott Vater, der Rote Gott des fünften Himmels, der sich beim Mond aufhielt, eine ganze Heerschar von Engeln in die Kirche des Stiftsherrn, da dieser Ort Gott gehört und nicht dem Dämon, und die Heerschar der Engel entführte die beiden Unglücklichen, die Gott baten, sie nicht mehr auf die Erde zu schicken.

Was den Stiftsherrn betrifft, so betet Matorel, geheiligt, für ihn. Mein Gott! Erlöst ihn von den höllischen Siedekesseln! Dass das Blut Christi das Seine erlöse! Und Ihr! Heiliger Johannes, denkt an den elenden Stiftsherrn! Prophet Amos! Vergiss ihn nicht! Erlöse den Stiftsherrn! Er ist mehr zu beklagen als zu tadeln! Ich bitte, dass man aus ihm seinerseits einen Heiligen macht. Amen!

***

ANHANG

GLOSSAR

Seite 7: *Satan:* hebr. »Gegner«, »Widersacher«.

Seite 7: *Moses:* Die Vorstellung des Moses mit zwei Hörnern rührt von einem Übersetzungsfehler der Vulgata her: *qeren*, eigentlich »von Strahlen umgeben« wurde mit *cornuta* (»mit einem Horn versehen«) wiedergegeben. »Cumque descenderet Moyses de monte Sinai, tenebat duas tabulas testimonii, et ignorabat quod cornuta esset facies sua ex consortio sermonis Dei.« In Luthers Übersetzung heißt es berichtigt: »Da nun Moses vom Berge Sinai ging, hatte er die zwei Tafeln des Zeugnisses in seiner Hand und wusste nicht, dass die Haut seines Angesichts glänzte davon, dass er mit ihm geredet hatte.« II. Buch Mose (Exodus), Kap. 34, V. 29.

Seite 7: *Minerva:* röm. Göttin, als Beschützerin des Handels und des Gewerbes verehrt. Später mit der griech. Pallas-Athene gleichgesetzt. Ihr Symboltier, die Eule, wurde zum Inbegriff von Weisheit und Erfindungskraft.

Seite 7: *Pallas-Athene:* griech. Mythologie, Göttin der Weisheit, der Strategie, des Kampfes, Lieblingstochter des Göttervaters Zeus, lat. Minerva.

Seite 7: *Pferdehuf:* franz. sabot de cheval: der Teufel wird in der christlichen Kunst häufig mit einem Pferdefuß bzw. -huf dargestellt.

Seite 7: *Styx:* »Wasser des Grausens« in der griech. Mythologie. Neben Acheron, Lethe, Kokytos, Phlegeton und Eridon der Fluss, über den Fährmann Charon die Toten setzt, um sie in den Hades, die griech. Unterwelt, zu führen. Das Wasser des Styx, das als todbringend galt, sollte nur in einem Huf oder Horn aufbewahrt werden können.

Seite 7: *Arkadien:* Liebliche, fruchtbare Landschaft im Innern der Halbinsel Peloponnes. Zugleich Inbegriff eines idyllischen Landes der Seligkeit und des Glücks.

Seite 8: *Octogon:* Achteck.

Seite 8: *Kabbalisten:* Anhänger der Kabbalah (urspr. »Überlieferung«), einer mystischen Strömung des Judentums. Als bedeutendste kabbalistische Schrift gilt der Zohar (*Sefer ha Zohar*, hebr. ›Das Buch des Glanzes‹), entstanden Ende des 13. Jahrhunderts in Spanien.

Seite 8: *Hades:* Unterwelt der griech. Mythologie.

Seite 9: *Theresa:* geht auf den hispano-romanischen Namen Tarisia zurück. Es gibt zwei katholische Heilige namens Theresa: Teresa von Avila (1515–1582), Karmelitterin, eine der bedeutendsten Heiligen der katholischen Kirche, und Thérèse von Lisieux, die Ende des 19. Jahrhunderts lebte und schon im Alter von 24 Jahren an Tuberkulose starb. Max Jacob meint wahrscheinlich Teresa von Avila.

Seite 9: *Lazaristen:* auch Vinzentiner, ein katholischer Männerorden, der 1625 von dem Priester Vinzenz von Paul für den Dienst an den Armen in Paris gegründet wurde.

Seite 13: *Faubourg Saint Antoine:* Viertel von Paris im 4. Arrondissement, Rue du Faubourg Saint-Antoine.

Seite 14: *Barbès-Rochechouart, République, Bastille, Italie, Dauphine:* Metrostationen in Paris, benannt nach Straßen, Plätzen und Bauwerken.

Seite 14: *Engel:* In den Religionen Judentum, Christentum und Islam Geistwesen in Menschengestalt, die von Gott erschaffen wurden, diesem untergeordnet sind und als dessen Boten (griech. Angelos, Ἄγγελος, »Bote«) zu den Menschen tätig sind.

Seite 14: *Cyranozinken:* franz. pif cyranique. Bezieht sich auf Cyrano de Bergerac, die poetisch begabte Hauptfigur aus dem gleichnamigen komödiantischen Versdrama von Edmond Rostand, 1897. Cyranos Merkmal ist eine besonders große Nase.

Seite 15: *Walhalla:* vom bayerischen König Ludwig I. gegründete Gedenkstätte, in Anknüpfung an Walhall, den Ruheort für gefallene tapfere Kämpfer in der nord. Mythologie.

Seite 15: *Thomas:* Anspielung auf den »ungläubigen Thomas«. Thomas, einer der Jünger, bezweifelte die Auferstehung, bis er selbst die Wundmale Jesu berührt hatte (Johannes, Kap. 20, V. 19–29). »Darnach spricht er zu Thomas: Reiche deinen Finger her und siehe meine Hände, und reiche deine Hand her und lege sie in meine Seite, und sei nicht ungläubig, sondern gläubig!« (Kap. 20, V. 27).

Seite 16: *des freundlichen und anmutigen Merkur:* Merkur ist in der röm. Mythologie der Gott des Handels; griech. Mythologie: Hermes.

Seite 16: *Horus:* Symbol Falke, ägypt. Mythologie, Hauptgott des alten Ägypten, ursprüngl. ein Himmelsgott war er außerdem ein Königsgott, ein Welten- oder Lichtgott und Beschützer der Kinder.

Seite 16: *Thot:* ägypt. Mythologie, der ibisköpfige oder paviangestaltige Gott des Mondes, der Magie, der Wissenschaft, der Schreiber und Bibliotheken.

Seite 16: *Ordnung und Schönheit:* franz. ordre et beauté. Anspielung auf Baudelaires Gedicht »Invitation au Voyage« aus den »Blumen des Bösen«. Darin heißt es: »Là, tout n'est qu'ordre et beauté, / Luxe, calme et volupté.« – »Da ist nur Schönheit und Genuss, / Ordnung, Ruhe, Überfluss.« (Les Fleurs du Mal, LIII. Übersetzung von Monika Fahrenbach-Wachendorff).

Seite 16: *Ceres:* in der röm. Mythologie Göttin des Ackerbaus und der Fruchtbarkeit.

Seite 16: *Micha:* einer der zwölf kleinen Propheten des Alten Testaments, um 720 v. Chr.

Seite 16: *... Heiligen Andreas, der ein Distelblumenblatt hält:* Andreas ist ein Schutzpatron, Bruder von Simon Petrus, einer der zwölf Apostel. Die Distel stellt in der christlichen Kunst ein Symbol der Leiden Christi und des Märtyrertums dar.

Seite 17: *Dämon:* Böser Geist, Mittelwesen zwischen Menschen und Gott, dem Menschen innewohnende unheimliche Macht.

Seite 17: *Jupiter:* römischer Hauptgott, griech. Zeus; der größte Planet des Sonnensystems.

Seite 18: *Venus:* röm. Mythologie, Göttin der Liebe (griech. Mythologie: Aphrodite). – Der sechstgrößte Planet und der zweite von der Sonne aus gesehen. Morgen- bzw. Abendstern.

Seite 18: *Mars:* Kriegsgott im antiken Italien. – Vierter Planet des Sonnensystems, der äußere Nachbar der Erde.

Seite 18: *Neptun:* röm. Mythologie, Gott des Meeres (griech. Mythologie: Poseidon). – Der achte und äußerste Planet des Sonnensystems.

Seite 18: *Ormuzd:* spätpersischer Name für den altiranischen Gott Ahura Mazda.

Seite 18: *Osiris:* im alten Ägypten Totengott, der bekannteste Gott Ägyptens, vermischt mit vielen göttlichen Wesenheiten, Bruder von Isis.

Seite 18: *die Amschaspands:* Amschaspand, Anhänger von Ormuzd; in der Religion des Zoroastrismus die ersten Himmelsgeister, die Ahura Mazda (Ormuzd) beistehen.

Seite 19: *Bois:* Holz, Wäldchen. Hier: Bois de Boulogne, großer Park im Westen von Paris.

Seite 21: *Rue Bochart-de-Saron:* Straße im 9. Arrondissement von Paris, mündet zwischen der Metro Pigalle und Anvers.

Seite 21: *Susanna:* Anspielung auf die biblische Geschichte von Susanna im Bade. Susanna, eine schöne und tugendhafte Frau, wurde von dem Propheten Daniel gerettet, als sie von zwei Ältesten, die sie beim Baden beobachtet hatten, belästigt und der Unzucht beschuldigt wurde und ihr die Todesstrafe drohte (Buch Daniel, Kap. 13, V. 1–64).

Seite 23: *Levallois:* Stadt im Département Hauts-de-Seine, nordwestlich von Paris, an das sie unmittelbar angrenzt.

Seite 23: *Rue Réaumur:* Straße im 2. Arrondissement von Paris, Métro Réaumur-Sébastopol.

Seite 27: *Adonai-Sabaoth:* der am meisten gebrauchte Name Gottes in der hebräischen Bibel. Da der Name Gottes zu heilig ist, um ihn in der Liturgie auszusprechen, verwendet man in der Synagoge gern Adonai: »mein Herr«.

Seite 29: *Rue Chanzy:* Straße in Paris, 11. Arrondissement.

Seite 29: *Rue Sedaine:* Straße in Paris, 11. Arrondissement, verläuft zwischen Ave. Parmentier und Bd. Richard-Lenoir; führt in die Nähe der Place de la Bastille.

Seite 29: *Boulevard Barbès:* Bd. des 18. Arrondissements, 1867 im Rahmen der Umbauten von Paris unter Napoleon III. errichtet.

Seite 34: *Ba-Ta-Clan:* später Bataclan, Café-concert mit Theater und Tanzsaal am Bd. Voltaire 50.

Seite 34: *Boulevard Voltaire:* Bekannter Bd. im 11. Arrondissement von Paris, errichtet von Baron Haussmann.

Seite 35: *Sergeant Bobillot:* Jules Bobillot (1860–1885), hat sich im Chinesisch-Französischen Krieg bei der Belagerung von Tuyen Quang ausgezeichnet, wo er schwer verwundet wurde. Starb im Lazarett von Hanoï. Wurde rasch zu einem Helden und Symbol des Patriotismus in der Dritten Republik.

Seite 35: *Le Bargy:* Charles le Bargy (1858–1936), bekannter Schauspieler, Mitglied der Comédie Française.

Seite 36: *des Départements Corrèze:* Ordnungsnr. 19, liegt in der Region Neu-Aquitanien im Zentrum des Landes, nach dem Fluss Corrèze benannt.

Seite 37: *Rue de la Roquette:* Straße in Paris im 11. Arrondissement, mündet auf die Place de la Bastille.

Seite 40: *Joseph:* auch Josef, in der Bibel im Tanach der zweitjüngste Sohn des Erzvaters Jakob und somit Begründer einer der zwölf Stämme Israels. Bekannt durch seine Prophezeiung an den Pharao von den sieben fetten Jahren, auf die sieben magere Jahre folgen werden, sodass der Pharao sich Vorräte anschaffen kann und Joseph zu hohen Ehren aufsteigt. – Josef, Ehemann der Jungfrau Maria und Ziehvater von Jesus.

Seite 41: *Samson:* engl. und franz. für hebr. Simson, Gestalt aus der Richterzeit des Alten Testaments, Held des israelitischen Stammes Dan. Verliebt sich in Delila, die den feindlichen Philisterfürsten das Geheimnis von Simsons Kraft verrät und ihn bezwingbar macht.

Seite 41: *Abraham:* zentrale Figur sowohl in der jüdischen Thora als auch im christlichen Alten Testament. Wird von Gott angewiesen, seinen Sohn Isaak zu opfern, aber von einem Engel daran gehindert. Ehefrau Sara, Nebensohn Ismael.

Seite 41: *Ecce homo:* bibl. Zitat und Motiv in der christl. Kunst. Johannes, Kap. 19, V. 5: »Da kam Jesus heraus und trug die Dornenkrone und das Purpurgewand. Und Pilatus spricht zu ihnen: Sehet, welch ein Mensch!« – »Ecce homo. Wie man wird, was man ist«: autobiographische Schrift des Philosophen Friedrich Nietzsche und Selbstdeutung seiner Werke.

Seite 43: *Lagardère:* »Wenn du nicht zu Lagardère kommst, wird Lagardère zu dir kommen!«, franz., vollständig: »Qui que tu sois, ta main gardera ma marque. Je te reconnaitrai. Et, quand il sera temps, si tu ne viens pas à Lagardère, Lagardère ira à toi!« Zitat aus dem Mantel-und-Degen-Roman »Le Bossu« von Paul Féval, 1858. Der Abenteurer Henri de Lagardère schwört mit diesen Worten seinem Widersacher Philippe de Gonzague Rache.

Seite 43: *Mélingue:* Etienne Marcel Mélingue (1801–1875), franz. Bildhauer, Maler und Schauspieler.

Seite 43: *Rue Turgot:* Straße in Paris im 19. Arrondissement, nahe dem Kanal Saint Martin.

Seite 43: *Dumas den Älteren:* Alexandre Dumas père (1802–1870), franz. Schriftsteller, vor allem durch seine Historienromane bekannt, »Die drei Musketiere«, »Der Graf von Monte Christo«.

Seite 49: *»Ihr habt wohl Grund, die Natur anzuklagen …«:* »Vous avez bien sujet d'accuser la Nature.« Zitat aus Jean de La Fontaines Fabel »Le chêne et le roseau«, 1668. Sie handelt von einer Eiche und einem Schilfrohr, die sich darum streiten, wer von ihnen der Stärkere sei.

Seite 52: *Foire du Trône:* Jahrmarkt auf dem Gelände von Reuilly, im 12. Arrondissement von Paris, meist im Frühjahr.

Seite 56: *Hôtel Moderne:* Hotel in dem Pariser Stadtteil Saint-Denis.

Seite 57: *literarischen Gothas:* franz. Gothas littéraires, Anspielung auf »den Gotha«, den »Gothaischen Genealogischen Hof-Kalender«, maßgebliches Verzeichnis des deutschen Adels, erschienen bei Justus Perthes, Gotha.

Seite 57: *Pouthier:* Alfred Pouthier (1866–1946), franz. Journalist, Dichter, Bibliophiler.

Seite 57: *Apollinaire:* Guillaume Apollinaire, eigentlich Wilhelm Albert Włodzimierz Apolinary de Wąż-Kostrowicki (1880–1918), berühmter franz. Dichter italien.-poln. Herkunft, Verfasser der »Alcools«, verkehrte während der Entstehung des Kubismus mit Picasso und Max Jacob auf dem Montmartre.

Seite 57: *Comédie Française:* das bedeutendste und traditionsreichste Theater Frankreichs, eines von sechs Theatern, die den Status eines Nationaltheaters innehaben, unterhält ein festes Ensemble.

Seite 57: *Vis comica:* Sinn für Humor; Fähigkeit, Lachen zu erregen.

Seite 58: *Paul Verlaine:* Paul Marie Verlaine (1844–1896), bedeutender franz. Lyriker des Symbolismus.

Seite 75: *Ariel:* Engel, Luftgeist.

Seite 79: *aus der »Vivandière«:* »La Vivandière«, Komische Oper in drei Akten von Benjamin Godard, 1895. Libretto von Henri Cain.

Seite 81: *Zazel:* franz. Zâzêl, der dunkle Geist des Saturn, wird in einem Werk wie dem »Schlüssel Salomos« (Clavicula Salomonis, 14. oder 15. Jahrhundert) erwähnt, das zu den schwarzmagischen Grimoires (Zauberbüchern) gezählt wird.

Seite 83: *Caserne Lobau:* alte Kaserne, die in Paris im 4. Arrondissement liegt.

Seite 83: *Saturn:* röm. Mythologie, Gott des Ackerbaus. In der Astrologie der »Unglücksplanet«.

Seite 84: *Barbazel:* Bar Bazel, Dämon aus der jüd. Mystik.

Seite 84: *Polonaise von Chopin, »Aufruf zu den Waffen«:* Es kann die Polonaise in A-Dur Op. 40, Nr. 1 »Militaire« gemeint sein, aber auch die »Héroique«, As-Dur Op. 53.

Seite 84: *Place de la République:* einer der größten und bedeutendsten Plätze von Paris, grenzt an das 3., 10., 11. Arrondissement.

Seite 84: *Erscheinung des Roten Gottes:* franz. Le Dieu Rouge, uralter Kult aus der Religion von R'hilar, Meister des Lichts.

Seite 84: *Wache der Republik:* franz. La Garde Républicaine, Polizeiverband der Gendarmerie Nationale, die dem Verteidigungsministerium des Landes unterstellt ist.

Seite 85: *Parc Monceau:* Park in Paris im 8. und 17. Arrondissement.

Seite 87: *Heuchlerin:* franz. Sainte Nitouche, junges Mädchen, das die Prüde spielt.

Seite 88: *Seringapatam:* Shrirangapattana, Kleinstadt im südindischen Bundesstaat Karnataka. Liegt auf einer Insel im Fluss Kaveri. Festung.

Seite 89: *Hismael:* Engel, Geist von Jupiter.

Seite 89: *Der Heilige Petrus:* Simon Petrus, nach dem Neuen Testament einer der ersten Juden, die Jesus Christus in seine Nachfolge berief. Sprecher der Jünger. Bestattet im Petersdom in Rom.

Seite 92: *Rue des Archives:* Bedeutende Straße im Marais, Pariser Stadtviertel im 3. Arrondissement.

Seite 92: *Oger:* franz. ogre, menschenähnliches, missgestaltetes Wesen, das sich durch enorme Körpergröße und -kraft auszeichnet, in Märchen, Sagen, phantastischen Erzählungen.

Seite 92: *Dufayel:* Grands Magasins Dufayel in der Rue Clignancourt, großes Pariser Kaufhaus, das 1856 von Jacques François Crespin gegründet wurde und bis in die dreißiger Jahre des 20. Jahrhunderts bestand.

Seite 94: *Zodiak:* Tierkreis, etwa 20 Grad breite Zone um die Ekliptik, innerhalb derer die scheinbaren Bahnen von Sonne, Mond und den Planeten verlaufen.

Seite 94: *Jungfrau:* franz. La Vierge, hier Jungfrau Maria, Mutter von Jesus-Christus.

Seite 94: *die drei Weisen:* franz. les rois mages: Könige aus dem Morgenland, Kaspar, Melchior, Balthasar, die im Matthäusevangelium (Kap. 2, V. 1–12) dem Christuskind Gold, Weihrauch und Myrrhe an seine Krippe im Stall bringen.

Seite 96: *den Heiligen Geist:* franz. Esprit Saint, dritte Person der Dreieinigkeit bestehend aus Gottvater, Sohn und Heiligem Geist.

Seite 96: *Sintflut:* in der Mythologie verschiedener antiker Kulturen als eine Art göttlich veranlasster Flutkatastrophe beschrieben.

Seite 98: *Rue de Sèvres:* Straße, die das 6., 7. und 15. Pariser Arrondissement durchquert.

Seite 98 f.: *phrygische Freiheitsmütze:* Symbol der Freiheit, wurde während der französischen Revolution von den Jakobinern getragen.

Seite 99: *rote Venus:* abends leuchtet der Planet Venus (»Abendstern«) häufig rot.

Seite 100: *Gott … Vater und Mutter der sieben Geister:* Offenbarung des Johannes, Kap. 1, V. 4; Kap. 3, V. 1; Kap. 4, V. 5; Kap. 5, V. 6.

Seite 102: *Gewissensprüfung:* geistige Übung über die Todsünden und die Friedfertigkeit.

Seite 103: *Cupido:* auch Amor, in der röm. Mythologie Liebesgott, Sohn von Mars und Venus; in der Kunst meist als hübscher lockiger Junge mit Pfeil und Bogen dargestellt.

Seite 104: *Prior, Priorin:* Stellvertreter des Abtes, der Äbtissin in einem Mönchs- bzw. Nonnenkloster.

Seite 104: ... *um den göttlichen Leib:* Interaktion des Leibes mit der Seele.

Seite 108: *Dogmen:* Dogma, feststehende Definition, grundlegende, normative, hier: theologische Lehraussage, deren Wahrheitsanspruch als unumstößlich gilt.

Seite 108: *Häresie:* Lehre, die im Widerspruch zu den kirchlichen Glaubensgrundsätzen steht.

Seite 108: *Kirchenbann:* Anathema.

Seite 108: *Lasset euch von niemand verführen ...:* Brief des Paulus an die Kolosser, Kap. 2, V. 18.

Seite 109: *So zieht also nun als Gottes Auserwählte ...:* Brief des Paulus an die Kolosser, Kap. 3, V. 12.

Seite 111: ... *der Ewigen Taube:* franz. Eternelle Colombe, evoziert den göttlichen ewigen Frieden.

Seite 111: *Titanen:* Halbgötter aus der griech. Mythologie, Söhne und Töchter von Uranos und Gaia, die auch die schaumgeborene Aphrodite hervorbringen.

Seite 112: *Prometheus:* Titan, besonderer Gott, Menschenfreund, bringt den Menschen das Feuer. Zeus lässt ihn von Hephaistos und dessen Gesellen in die skythische Einöde schleppen und an einen Felsen des Kaukasus schmieden.

Seite 112: *Kronos:* griech. Mythologie, der jüngste Sohn des Uranos und der Gaia, Anführer der Titanen, Nachfahren sind die Kroniden und Zeus.

Seite 112: *Elohim:* in aschkenasischer Aussprache Elauhim, Eloihim in der hebr. Bibel. Bezeichnung für Gott, mächtige Engelswesen, Schöpfergötter.

Seite 112: *Jophiel:* nicht kanonischer Engel der Weisheit, des Verständnisses, des Gerichts, einer der sieben Erzengel.

Seite 112: *Sem:* einer der drei Söhne Noahs.

Seite 112: *Polyhymnia:* eine der neun Musen, Tochter von Zeus und Mnemosyne, Muse der Hymnendichtung.

Seite 112: *Vesta:* altitalische, besonders röm. Religion. Die keusche Hüterin des heiligen Feuers, Göttin von Heim und Herd.

Seite 112: *Juno:* röm. Göttin, Gemahlin des Hauptgottes Jupiter, in der griech. Mythologie Hera.

Seite 112: *Habakuk:* der achte der zwölf kleineren Propheten, dessen Schriften in der hebr. Bibel gesammelt wurden. Von Juden, Christen und Moslems verehrt.

Seite 112: *der Heilige Matthäus:* einer der zwölf Apostel, Jünger von Christus. Gleichzeitig wird das erste der vier Evangelien nach einem nicht näher bekannten Matthäus benannt, der aber heute nicht mehr mit dem Apostel identifiziert werden kann.

Seite 112: *Nahum:* biblischer Prophet, Herkunftsort Elkosch, Name bedeutet »Tröster«.

Seite 113: *Samael:* hebr. auch Semiel, Sammane und Sammuel. »Das Gift Gottes«, »Der blinde Gott«, Erzengel der jüd. und christl. Mythologie.

Seite 113: *das trojanische Pferd:* hölzernes Pferd, in dessen Bauch sich griechische Krieger versteckten. Das Pferd wurde von den Trojanern in die Stadt hineingezogen, die griech. Kämpfer entstiegen dem Pferd und öffneten nachts die trojanischen Stadttore von innen, sodass das griech. Heer die Stadt stürmen konnte. (Homer, Odyssee, 8. Buch, V. 493 ff.)

Seite 113: *das Schiff der Argonauten:* sagenhaftes, schnelles Schiff der griech. Mythologie. Die entsprechende Sage handelt von der Fahrt von Jason und seinen Gefährten nach Kolchis im Kaukasus und seiner Suche nach dem Goldenen Vlies.

Seite 113: *Nergal:* Gottheit der sumerisch-akkadischen, babylonischen und assyrischen Religion.

Seite 113: *Beelzebub:* in der Mythologie Dämon oder lokale Gottheit der Philister, Bezeichnung für den Teufel.

Seite 113: … *alle hammonitischen Götter:* Die Ammoniten, von den Hebräern als nahe Verwandte angesehen, Name ihres Gottes Moloch (Molech, Melekh, Molek); ihr Vorfahre Lot, Neffe von Abraham.

Seite 113: *der göttliche Dämon Civa:* Shiva, hinduistische Gottheit.

Seite 113: *Stier Nandi:* »der Glückliche«, in der hinduistischen Ikonographie Reittier der Hochgottheit Shiva.

Seite 113: *Mahomet:* Religionsstifter des Islam, Prophet Mohammed, Gesandter Gottes.

Seite 114: *Vishnu:* eine der wichtigsten Gottheiten des Hinduismus. Kommt schon in den ältesten Texten des Hinduismus, den Veden, vor. Lakshmi, die als weiblich gedachte Seite des Göttlichen gilt, wird als seine Gattin angesehen.

Seite 114: *Artemis:* griech. Mythologie, Tochter des Zeus und der Leto, Schwester des Apoll. Göttin der Jagd, des Waldes, des Mondes; Tierherrin, Geburtshelferin und Hüterin der Frauen.

Seite 114: *Endymion:* Nach der griech. Stammessage Sohn des 1. Königs von Elis, Aëthlios, und der Kalyke.

In der griech. Mythologie ein schöner junger Hirte, in den sich die Mondgöttin Selene verliebt, die ihn nach Kleinasien entführt und in einer Höhle in ewigen Schlaf sinken lässt.

Seite 115: *Buddha Shakyamuni:* menschliche Verkörperung von Buddha, Begründer der buddhistischen Lehre, ist auch unter den Namen Siddhartha und Gautama bekannt.

Seite 115: *Zephania:* Zephania, das neunte Buch der zwölf kleinen Propheten, dem das Buch Habakuk vorausgeht, das Buch Haggai folgt. Zephania bedeutet: Jahwe hat sich versteckt, geschützt.

Seite 115: *Jakobus der Ältere:* Apostel, Bruder des Jüngers Johannes, einer der bedeutendsten Heiligen, in Santiago de Compostela verehrt.

Seite 115: *Diana:* röm. Mythologie, Göttin der Jagd.

Seite 116: *Place du Carrousel:* öffentlicher Platz im 1. Arrondissement von Paris, am offenen Ende der Flügel des Louvre-Innenhofs gelegen, der vor 1833 von den Tuilerien eingenommen wurde.

Seite 116: *Metro:* Métropolitain, Pariser U-Bahn mit weitverzweigtem, bis in die Vororte reichendem Netz, Haltestellen außen in Jugendstil gehalten.

Seite 116: *Manille:* spanisch-franz. Kartenspiel.

Seite 116: *Magasins du Louvre:* histor. Bau am Palais Royal. Von Alfred Armand geplant und 1855 als Grand Hôtel du Louvre errichtet. Das riesige Gebäude wurde nach und nach in ein Warenhaus umgewandelt.

Seite 116: *Rathaus:* Le Conseil d'État berät die Regierung und den Senat bei der Ausarbeitung des Gesetzes, auch Justizbehörde. Sitz Palais Royal.

Seite 117: *Mirabeau:* Honoré Gabriel Victor de Riqueti, Comte de Mirabeau, seit dem 13. Juli 1789 Marquis, franz. Politiker, Physiokrat, Schriftsteller und Publizist, nahm an der Französischen Revolution teil und hatte bis zu seinem plötzlichen Tod einflussreiche Positionen inne.

Seite 118: *Meissonier:* Ernest Meissonier (1815–1891), franz. Genre- und Historienmaler.

Seite 118: *Rodin*: François-Auguste-René Rodin (1840–1917), franz. Bildhauer und Zeichner, Wegbereiter der Moderne in Plastik und Skulptur.

Seite 118: *Luzifer:* einst strahlender Engel, sodann gefürchteter Höllenfürst; mit seinem Sturz aus dem Himmel wurde Luzifer, auch »Lichtträger«, zum Satan.

Seite 120: *Prophet Amos:* der älteste Prophet, von dem ein Buch erhalten ist, einer der zwölf kleinen Propheten, Zeitgenosse Hoseas, Jesajas, ca. 760–755 v. Chr.

NACHWORT

1911 erschien der kleine burleske und zugleich phantastische Roman »Saint Matorel« von Max Jacob in den Galeries Simon, d. h. bei Kahnweiler in einer bibliophilen Ausgabe, geschmückt mit vier Radierungen von Picasso, damals ein enger Freund von Max Jacob.

Dieser hatte seinen Roman unter dem Eindruck einer Vision geschrieben, die er am Abend des 9. September 1909, abends aus der Bibliothèque Nationale heimkommend, wahrscheinlich unter dem Einfluss von Äther stehend, gehabt hatte. In diesen Jahren wurde der Zohar, das Hauptwerk der Kabbalah, neu übersetzt, und Max Jacob widmete sich, wohl auch an diesem Tag, ausführlich seiner Lektüre. In »Saint Matorel« sind denn auch zahlreiche Namen aus der jüdischen Mystik, aus der griechischen und ägyptischen Mythologie übergegangen.

Max Jacob aber deutete die Erscheinung, die er an der Wand seines dunklen Hinterhofzimmers gehabt hatte, als Christusvision und ging am nächsten Tag zu einem katholischen Priester, um sich taufen zu lassen. Doch dieser misstraute den mit theosophischen Weisheiten gespickten Ausführungen seines Religionsanwärters und wies ihn zurück. Es sollte fünf Jahre dauern, bis Max Jacob eine religiöse Anweisung bekam und am 18. Februar 1915 auf den Namen Cyprien getauft wurde. Sein Pate war Picasso. 1876 in Quimper geboren war Jacob 1896 zum Jurastudium nach Paris gekommen, das er 1898 abbrach, um sich ganz dem Schreiben zu widmen, was bedeutete, dass er in tiefes Elend versank und allerlei Gelegenheitsberufe ausübte, wobei die Tätigkeit in dem Lagerhaus Voltaire besondere Spuren in seinem Werk hinterließ. 1901 lernte er den damals zwanzigjährigen Picasso kennen. Sie teilten sich in ihrer Armut eine Zeitlang Zimmer und Bett, bis Picasso 1903 in das von Max Jacob so genannte Atelierhaus Bateau Lavoir, »Waschschiff«, zog, das auf dem Montmartre an der Place Ravignan lag. 1903 lernte Max Jacob auch Guillaume Apollinaire, André Salmon und andere Dichter und Maler kennen, die »Bande à Picasso«.

1907 zog er ebenfalls auf den Montmartre, in ein dunkles Hinterhofzimmer in der Rue Ravignan 7, in dem er auch seine Vision hatte. Der Max Jacob jener Zeit wurde oft beschrieben, vielleicht am lebendigsten von Fernande Olivier, Picassos damaliger Freundin:

»(…) dieser kleine tänzelnde Mann mit den seltsamen, durchdringenden Augen hinter den Gläsern des Lorgnons. Förmlich, selbstzufrieden und sich, mit dem Hute in der Hand, tief verneigend.

Schon kahlköpfig, mit leicht verstecktem Blick, die Haut etwas farbig, der Mund hübsch geschwungen, fein, geistvoll, auch boshaft. Schöne Züge im Ganzen. Der Kopf vielleicht etwas groß auf einem unharmonischen Körper mit schmalen Schultern. Der leicht provinzielle

Charakter kam besonders im Schnitt seiner allzu neuen Kleider zum Ausdruck.

Von seiner ganzen Person ging ein Gefühl unerklärlicher Unruhe aus. Aber vor allem war es die Maske geistreicher Originalität, die auffiel.«[1]

Jacob veröffentlichte in diesen Jahren nichts außer zwei bretonisierenden Märchen, schrieb aber Prosagedichte, die er in einem alten Koffer verbarg. Seit 1907 entwickelten Picasso und Georges Braque den Kubismus, die Amerikanerin Gertrude Stein ließ sich von Picasso malen und wurde neben dem Kunsthändler Kahnweiler eine der ersten Käuferinnen der Bilder von Picasso.

Max Jacob wurde wegen »allgemeiner körperlicher Schwäche« nicht zum Kriegsdienst eingezogen und konnte so 1917 die wichtigsten Prosagedichte, die er geschrieben hatte, unter dem Titel »Le Cornet à dés«, »Der Würfelbecher«, im Selbstverlag herausgeben, versehen mit einem berühmt gewordenen Vorwort, das seine religiös beeinflusste Dichtungstheorie enthält, d. h. für die klassische Reinheit eintritt. Auch in Briefen an Kahnweiler und an den Couturier Jacques Doucet äußert er sich dementsprechend.

1923 erschien eine zweite erweiterte Auflage des »Würfelbechers« bei Stock, 1924 kamen »Les Visions infernales, poèmes en prose« heraus. Sein ganzes Leben lang schrieb Max Jacob Prosagedichte, die allerdings zumeist erst nach 1945 veröffentlicht wurden. Der Alltag Max Jacobs war keineswegs geprägt von seinem Glauben, sondern

1 Fernande Olivier: *Neun Jahre mit Picasso*. Übersetzt von Gertrud Droz-Rüegg. Zürich: Diogenes 1957, S. 30.

der eines Bohemien, der seine Sünden vom Vorabend am nächsten Tag tief bereute. Max Jacob bekannte selbst:

»Wenn ich am Vorabend schrecklich gesündigt habe, könntest Du mich am nächsten Tag, lang vor Morgengrauen, auf den Knien den Kreuzweg entlangrutschen sehen, ich ächze, ich schluchze, ich weine, ich schlage mir ins Gesicht, an die Brust, an die Gliedmaßen, auf die Hände; ich blute, ich unterzeichne mit meinem Blut, mit meinen Tränen … das dauert nicht lang! Am selben Abend verfalle ich wieder großen Abscheulichkeiten, weil ich nicht in der Lage bin, ohne Abscheulichkeiten zu leben.«[2]

1919 erschien »La Défense de Tartufe«, »Die Verteidigung Tartüffs«, ein Roman mit Einschüben von Versen und Meditationen, in der er seine dem Glauben wenig konforme Haltung rechtfertigt.

Nach einem Autounfall 1919, der ihn ins Krankenhaus Lariboisière brachte und ihm Angst vor einem Tod ohne Buße und Vergebung einflößte, zog sich Max Jacob im Juni 1921 in das aufgelassene Benediktinerkloster von Saint-Benoît-sur-Loire zurück, wo er ländlichen Frieden fand.

Jeder Tag begann nun mit einer Messe in der schönen romanischen Basilika von Saint-Benoît. Seine literarische Produktion stieg gewaltig. Romane, Gedichtsammlungen, von denen manche burleske Züge wie »Saint Matorel« tragen, Erzählbände wie »Le Cabinet noir«, »Die Dunkelkammer«, die das mimetische Talent Max

2 Max Jacob: *Correspondance I,* Hrsg. von François Garnier. Paris: Éditions de Paris 1955, S. 34. Brief vom 23. Juni 1909.

Jacobs beweisen, erschienen in kurzer Folge. Manche sind satirisch wie der Roman »Le Terrain Bouchaballe« oder zeigen den religiösen Max Jacob, der ein Double hat wie schon in »Saint Matorel«. Die Kette von Max Jacobs Publikationen, ab den späten 20er Jahren auch bei Gallimard, reißt nun nicht ab bis 1938. Nach dem Krieg erschienen Prosagedichte, religiöse Meditationen, Briefsammlungen und manche seiner Veröffentlichungen aus den zwanziger und dreißiger Jahren in Neuauflage bei Gallimard.

Warum von allen diesen Publikationen »Saint Matorel« übersetzen? Weil der kleine Roman mit seinen esoterischen, kabbalistischen Zügen, seiner heterogenen Handlung besonders das burleske Talent Max Jacobs, seine Phantasie und Erzählkunst zeigt und Surrealistisches vorwegnimmt. Die jüdische Mystik, die griechische und ägyptische Mythologie sind ebenso wie der Aufbau des Werkes surrealistisch. Man kann »Saint Matorel« somit zu den wichtigsten Texten der frühen französischen Moderne zählen.

Doch zum Inhalt. Der Leser erlebt im Vorwort den kleinen Metroangestellten Victor Matorel, als Mönch in einem Lazaristenkloster in Barcelona, wie er bei seinem Tode eine Ansprache an den Teufel hält. In Kapitel I folgen noch andere Ansprachen des schüchternen Victor Matorel, denen der Autor in der Metro wider seinen Willen zuhört. Darauf wird der achte Himmel beschrieben, in dem Victor Matorel und sein Freund Émile Cordier auf dem Rücken eines Pferdes reitend allerlei Figuren aus der jüdischen Mystik und der griechischen und ägyptischen Mythologie begegnen. Dass sie tot sind, ist ein Vorgriff, denn sie tauchen als Freundespaar anschließend durchaus lebendig auf. Sie begegnen sich in dem Warenhaus Cheiret & Cie. und ziehen anschließend im Schaustellerwagen durch die Provinz, preiswerte Kleidung an die ländliche Bevölkerung verkaufend. Victor Matorel wird unterwegs von einem reichen Geschäftsmann, den der auf ein Schloss begleiten soll, abgeworben. Er beleidigt aber diesen unabsichtlich und wird auf die Straße gesetzt. So gelangt er wieder zu seinem alten Freund Cordier und bewirbt sich mit ihm zusammen erneut im Warenhaus. Er stiehlt ihm jedoch einen Koffer mit Kleidern, um Handlungsreisender werden zu können, bereut sofort, kündigt seine Stellung im Warenhaus und wird Angestellter an der Metro, so wie wir ihn zuerst angetroffen haben. Mit den Gewissensbissen Victor Matorels endet der erste Teil des Romans. Im zweiten Teil stirbt zunächst der Ehemann seiner Concierge, und Matorel vollbringt ein gutes Werk, indem er sich in eine entfernte Vorstadt aufmacht, um einen Verwandten des Verstorbenen zu informieren. Dann hilft er einer blinden Bettlerin, eine Post zu finden. Als Matorel an der Grippe erkrankt, erscheint ein Engel bei ihm und befiehlt ihm: »Lege dich auf dein Bett und bete«. In dem folgenden Dialog mit dem Engel werden die Glaubensvorstellungen Max Jacobs Victor Matorel in den Mund gelegt, vor allem, dass jeder seine besonderen Dämonen hat. Dieser Gedanke taucht häufig bei Max Jacob auf, vor allem in seinen poetologischen Schriften und in Meditationen.

Das folgende Kapitel zeigt den Ball der Geister, bei dem der Engel, der Dämon von Mars, Venus und ihre Dämonen und Saturn und seine Dämonen, Victor

Matorel gleichsam szenisch auftreten, und Matorel in Versuchung geführt wird. Die Folge der Versuchungen ist im nächsten Kapitel der Triumph von Satan, der ebenfalls szenisch dargestellt wird, eine Gelegenheit, der burlesken Phantasie Max Jacobs freien Lauf zu lassen. Vor dem endgültigen Zusammenbrechen wird Matorel durch das wunderbare Auftreten von Christus mit dem Kreuz in seiner Kammer gerettet.

Matorel ist fortan für den Glauben gerettet. Im folgenden Kapitel gelingt es ihm, seinen Freund Émile Cordier, der inzwischen geheiratet hat, zu bekehren, allerdings zu dem falschen esoterischen Glauben, der erklärt, statt zu beten. Matorel tritt unter dem Namen Bruder Manassé in ein Lazaristenkloster in Barcelona ein. Auch dort hat er mancherlei Erscheinungen, aber das hält ihn nicht ab vom Fasten und Beten, so dass er schließlich Prior des Klosters wird. Da besucht ihn eines Tages ein Mönch, der bekehrte Émile Cordier, der nun Frère Matthieu geworden ist. Er versucht, Frère Manassé zur Auslegung des Testaments zu bewegen. Dieser weist ihn zurück, verfällt aber in seine alten Glaubenszweifel, wird jedoch einige Tage später durch den Tod erlöst. Er stirbt im »Geruch der Heiligkeit«.

Das Ende des Romans nimmt den Anfang wieder auf, die Rede Victor Matorels an den Satan und den gemeinsamen Ritt Victor Matorels und Émile Cordiers durch die Sphären.

Der Roman ist aber noch nicht beendet. Es gibt noch ein Ende des Prologs, eine Gelegenheit, die Himmelsgeister zu zeigen. Anschließend werden einige der Sphären gezeigt, durch die Victor Matorel und Émile Cordier, zusammen auf einem Pferde sitzend, aufwärtssteigen, und das Schicksal zweier Engel, die von Gott nach Paris gesandt werden, um dort sein Wort zu verkünden. Sie sind bitterarm und werden in ihrer Not Erdarbeiter, treten dann als Redner auf, verschenken aber all das Geld, das sie einnehmen, und gehen aufs Land, wo sie in einem Bauernhof landen. Eines Tages klopfen sie in der Nähe an das Tor eines Schlosses, in dem der Dämon Barbazel mit seiner Frau und seinen Töchtern lebt, und werden von ihm gefangen genommen. Sie kommen durch die List Gottes und Merkurs frei. Dieser veranlasst Barbazel, dem Kanonikus der nahe gelegenen Kirche die Engel für seine Sonntagsmesse zu leihen. Bei dieser Gelegenheit strömen himmlische Engelsscharen in die Kirche und befreien die zwei Engel aus ihrer Gefangenschaft. Der Roman endet damit, dass Matorel für den Kanonikus betet, und mit einem Amen. Zum Schluss schließt sich der Kreis, Victor Matorel, der zum rechten Glauben gefunden hat, reitet auf einem Pferd durch die Sphären, seinen Freund Émile Cordier, der wohl auch rechtgläubig geworden ist, hinter sich. Die Tatsache allein, dass die Freunde sich himmelaufwärts durch die Sphären bewegen, zeigt, dass Max Jacob noch theosophischen Vorstellungen anhängt. Der Roman wird als realistisches Märchen bezeichnet und tatsächlich ist er, was das irdische Leben Victor Matorels und Émile Cordiers betrifft, durchaus realistisch, aber im zweiten Teil mit seinem Ball der Geister und dem Triumph Satans und im Kloster mit seinen Wundern lässt Max Jacob seine ganze Phantasie spielen, auch bei der Beschreibung der Engel und der Dämonen. So ist der Roman doch eher als mystisch-phantastisch zu bezeichnen. Mit seinen Vor- und Rückgriffen, den Doubles von Victor Matorel in Émile Cordier, im Autor, weist der Roman surrealistische Züge auf.

1912 erschienen »Die burlesken und mystischen Werke von Bruder Matorel, gestorben im Kloster von Barcelona«, illustriert mit Holzschnitten von André Derain, 1914 »Die Belagerung Jerusalems, himmlisches Drama«, illustriert mit Radierungen von Picasso. Die drei Matorel-Werke wurden 1936 noch einmal in einer einfachen Ausgabe von Gallimard herausgebracht ebenso wie Max Jacobs »Ausgewählte Werke« und 1938 »Balladen«. Schon 1921, als Max Jacob sich nach Saint-Benoît zurückgezogen hatte, schwoll seine Korrespondenz mächtig an, denn Max Jacob pflegte den Kontakt mit den Pariser Freunden. Zahlreiche junge Freunde kamen dazu, vor allem Michel Leiris, der später der Surrealistenbewegung anhing und als Ethnologe in Afrika reiste. Max Jacob liebte es, junge Dichter zu fördern. Die umfangreichsten Briefwechsel verbanden ihn wohl mit Marcel Jouhandeau und Jean Cocteau.

1928 kehrt Max Jacob noch einmal nach Paris zurück und nimmt das alte gesellige Leben wieder auf. Yvon Belaval, der ihn 1927 zum ersten Mal in Saint-Benoît gesehen hatte und ihn zwei Jahre später in seinem Zimmer im Hotel Nollet besuchte, beschrieb die Verwandlung:

»Kein Bauer in Holzschuhen und alten Cordsamthosen mehr: ein alter Engländer in einem wunderbaren englischen Kostüm. Er beugte sich über seine Gouachen, Abstand nehmend, die Lider zusammenkneifend, um eine Aschfarbe zu kreieren, Zigarettenasche auf seiner Arbeit zerdrückend (...). In dem Zimmer drängten sich immer junge Besucher: Dichter, Maler, Musiker. Max Jacob, der vor ihnen stand wie ein Lehrer in seiner Klasse, vervielfachte die Anekdoten und fand bei allen Talent. Wenn er allein war, legte er sich, wenn er nicht gerade eine Gouache beendigte, nieder, den Kopf vollständig in einen Schal gehüllt.«[3]

1929 hat er auf einem Ausflug mit Pierre Colle einen schweren Autounfall, der ihn mehrere Monate ans Bett fesselt und ihm eine kleine Rente sichert. Denn er kann, so reichhaltig seine Produktion sein mag, von der Literatur nicht leben, sondern ist auf den Verkauf von Bildern angewiesen, die er in impressionistischer Manier malt. In den dreißiger Jahren beschäftigt er sich vielfach mit dem Theater. Doch allmählich verliert das Leben in Paris für den Alternden seinen Reiz. Er sollte es später tief bereuen. Seit 1932 erfüllen ihn Kriegsahnungen. 1936 zieht er sich für den Rest seines Lebens nach Saint-Benoît-sur-Loire zurück und wird ganz der büßende alte Bauer in Stiefeln, dessen Tag mit Messe und Gebet beginnt. Er findet Unterkunft in zwei kleinen Zimmerchen bei Mme Persillard.

Doch auch in diesen letzten Jahren findet er junge Freunde, die dichten und malen, in der Umgebung, so Marcel Béalu in Montargis, der Romane und ein sehr schönes Portrait über die letzten Jahre von Max Jacob schreibt, den Maler Roger Toulouse, die Dichter Michel Manoll und Jean Rousselot.

---

3 Yvon Belaval: *La rencontre avec Max Jacob.* Paris: Charlot 1946, S. 31. Übersetzt von Una Pfau.

Seit dem Einmarsch der deutschen Truppen 1940 war das Leben Max Jacobs als Jude verdüstert von Vorahnungen und Sorge um seine in Quimper verbliebenen Geschwister. Man bot Max Jacob an, in die unbesetzte Zone zu fliehen, aber Fatalismus und eben die Sorge um die Geschwister hielten ihn ab. So musste der alte Mann erleben, wie zuerst sein Bruder Gaston und dann die jüngere Schwester Mirce Lea von der Gestapo abgeholt, dann in das Auffanglager Drancy und von dort nach Theresienstadt und Auschwitz transportiert wurden, wo sie umkamen.

»Nächstenliebe. Wer hat die Kröte die Straße überqueren sehen? Es ist ein ganz kleiner Mann! Eine Puppe ist nicht winziger. Er schleift sich auf den Knien dahin: er schämt sich, würde man sagen …? nein! Er hat Rheumatismus. Ein Bein bleibt hinten, er schleift es nach! Wohin geht er so? Er kommt aus der Gosse, armer Clown. Einstmals achtete niemals irgendjemand auf diese Kröte auf der Straße. Einst beachtete mich niemand auf der Straße, nun spotten die Kinder über meinen gelben Stern. Glückliche Kröte! Du hast keinen gelben Stern.«[4]

Am 20. Februar 1944 besuchten Marcel Béalu und seine Frau Max Jacob. Bei dem traditionellen Rundgang durch die Basilika schrieb dieser in das Gästebuch: »Max Jacob, 1921–1944«, und gab so seinen Vorahnungen Ausdruck. Vier Tage später, am 24. Februar 1944 kamen drei Männer von der Gestapo und holten Max Jacob ab. Zu Dr. Castelbon, der ihm warme Kleidung brachte, sagte er: »Das hat alles keine Bedeutung.« Seine Verhaftung

4 Max Jacob: *Dernières poèmes.* Paris: Gallimard 1945, S. 172.

war keine Sondermaßnahme, sondern erfolgte innerhalb einer Aktion gegen alle Juden des Departements.

Zunächst wurde er ins Militärgefängnis von Orléans gebracht, dann am 28. Februar in das im Norden von Paris gelegene Konzentrationslager Drancy. Unterwegs hatte Max Jacob Gelegenheit, Freunde zu informieren. Von Marcel Béalu, Roger Toulouse und Jean Rousselot alarmiert, unternahmen in Paris Jean Cocteau, André Salmon, Henri Sauguet, Sacha Guitry, Pierre Colle und Conrad Moricand Schritte zu seiner Befreiung. Cocteau verfasste eine schöne Bittschrift, die an Georges Prade, den Direktor des »Nouveau Temps« weitervermittelt wurde und an die deutsche Botschaft ging. Dort stieß sie auf den deutschen Botschaftsrat Van Bose, der zufällig die Dichtung Max Jacobs kannte und Hilfe versprach. Am 6. März erhielt Cocteau die Nachricht, dass Max Jacobs Freilassung genehmigt sei. Doch dieser war schon am 5. März einer Lungenentzündung erlegen. Augenzeugen berichten, dass Max Jacob auf der Krankenstation im Gefängnis La Muette friedlich starb, ohne Todeskampf, ohne Revolte, liebevoll betreut von seinen Mitgefangenen. Zunächst in einem Massengrab in dem Pariser Vorort Ivry beerdigt, wurde er fünf Jahre später, wie er sich gewünscht hatte, unter einem gebührenden Grabmonument auf dem Friedhof von Saint Benoît beigesetzt.

Max Jacob war ein zutiefst gespaltener Mensch, einerseits ungeheuer gesellig, fähig, seine Mitmenschen karikierend nachzuahmen und sich bis zum Identitätsverlust in sie zu versetzen, fähig zu Spott und Hohn, ein Anekdotenerzähler, andererseits fähig zu Zurückgezogenheit, zur mystischen Versenkung in den Glauben, den er nie recht zu erlangen schien. Beide Züge spiegeln sich in seinem Werk wider, das wohl, was die Dichtung betrifft, nicht die Größe von Apollinaires Dichtung erreicht, aber in seiner Vielseitigkeit, seiner »Kammermusik«, wie Cocteau sagt, zu den reizvollsten Werken der frühen Moderne gehört.

Una Pfau

ABBILDUNGSNACHWEIS

Pablo Picasso hat für die Ausgabe von Saint Matorel, erschienen in der Galerie Daniel-Henry Kahnweiler 1911, vier Radierungen (davon eine Kaltnadelradierung) geschaffen:

1. *Mademoiselle Léonie* (Originalformat der Platte: 20,1 x 14,1 cm; Papierformat: 26 x 22 cm)
   Seite 20

2. *La Table* (Originalformat der Platte: 19,9 x 14,1 cm; Papierformat: 26 x 22 cm)
   Seite 47

3. *Mademoiselle Léonie sur une chaise longue* (Originalformat der Platte: 19,9 x 14,1 cm; Papierformat: 26 x 22 cm)
   Seite 77

4. *Le Couvent* (Originalformat der Platte: 19,9 x 14,2 cm; Papierformat, abweichend: 26,1 x 20,6 cm)
   Seite 101